복덕방 · 달밤 외

한국 문학을 읽는다 09

복덕방 · 달밤 외

1판 1쇄 발행 2013년 10월 30일
1판 3쇄 발행 2025년 7월 30일

지은이 · 이태준
펴낸이 · 김화정
펴낸곳 · 푸른생각

책임편집 · 조계숙 | 편집 · 지순이 | 교정 · 김수란
등록 · 제310-2004-00019호
주소 · 경기도 파주시 회동길 337-16(서패동 470-6)
대표전화 · 031) 955-9111(2) | 팩시밀리 · 031) 955-9114
이메일 · prun21c@hanmail.net
홈페이지 · www.prun21c.com

ⓒ 푸른생각, 2013

ISBN 978-89-91918-31-3 04810
ISBN 978-89-91918-21-4 04810(세트)

값 11,000원

청소년의 꿈과 미래를 위한 양서를 만들고 있습니다.
잘못된 책은 푸른생각이나 구입처에서 교환해 드립니다.
이 도서의 표지와 본문 디자인에 대한 권한은 푸른생각에 있습니다.

복덕방
달밤
외

한국 문학을
읽는다
09

이태준
책임편집 조계숙

자신을 향해 마음 놓고 웃는 날, 너는 어른이 된다.
— 에델 배리모어(미국의 배우, 1879~1959)

책머리에

소설 언어와 형식 미학의 교과서를 제시한 작가 이태준

이태준(1904~?)에 대한 제대로 된 독서와 이해는 첫째 소설 언어와 형식 미학, 둘째 해방 이후의 사상적 변화라는 두 방향으로 접근해 들어가는 것이 좋다. 작가 이태준은 활동 당시에 명 문장가로 인식되었으며, 그의 소설 문장은 글쓰기를 고민하는 많은 작가와 일반인에게 흥미로운 교과서였다. 『문장강화』(1939)는 이태준이 저술한 글쓰기 이론과 사례집으로, 문장의 기본 요소, 현대적인 문장, 문체 등을 내용으로 하여 당시뿐만 아니라 지금까지도 귀중한 교양서 대접을 받고 있다.

이태준의 소설은 근대소설이 태동한 이래 단편소설의 완성된 경지에 이른 것으로 평가받고 있다. 이태준의 작품에 나타나는 뛰어난 소설 언어와 형식 미학은 그의 소설사적 위상을 증명한다. 이태준은 글을 짓는 것이 곧 말을 짓는 것이며, 말은 곧 마음이고, 마음은 감정을 죽이지 않는 것이라고 하였다. 딱딱하게 굳어서 박제가 된 '글'이 아니라 인간의 마음, 즉 감정이 살아 움직이는 '말'을 중요하게 본 것이다. '글' 짓기가 아니라 '말' 짓기는 그의 작품세계에 그대로 반영되어 있다.

소설 속의 인물들은 좋은 것들이 사라져 가는 상황에 대한 애타는 심정, 잘못된 변화와 가치관 및 사상의 흐름을 감지하고 고민하는 마음을 잘 드러낸다. 그것은 과거의 추억에 매달리는 집착이나 패배의식이 아니다. 과거를 지탱하던 것과 현재를 움직이는 요소들은 각각 X축과 Y축이 되어 팽팽한 갈등의 방정식을 이루고 있는데, 이 방정식을 풀어나가는 과정이 이태준 소설의 핵심이다. 이 과정을 잘 따라가면 독자들은 이태준이 가진 '매의 눈' 즉 시대와 사회를 보는 날카로운 시선을 경험할 수 있다.

　그러한 이태준이 좌익으로 사상적 변화를 단행한 일은 매우 뜻밖의 사건이었다. 이태준이 등단한 1925년은 경향문학이 우리나라에 이미 싹터 있었고, 이후 많은 작가들이 신경향파 및 카프 단체에서 활동했다. 그러나 이태준은 순수 모더니즘 계열의 구인회 활동을 했고 사회주의 리얼리즘 소설을 전혀 쓰지 않았었다. 해방 전의 작품과 작가의 태도를 보면, 이태준이 해방 이후 좌익문단의 권력 중심에 설 것을 예측하기는 어렵다.

　해방 직후 우리 문단은 좌우문학이 대립하는 시기였고, 문학의 정치적 기능이 강했었다. 식민지에서 해방이 되어 자유를 얻은 우리나라를 컴퓨터에 비유하여 말하면, 모든 프로그램이 초기화되는 상태, 즉 리셋을 앞두고 있었다. 새로 깔리는 프로그램의 내용이 무엇이 될지는 아무도 모르는 일이었다. 따라서 이태준의 갑작스런 사상적 변화와 월북, 그 이후의 비극적인 행적은 우리 정치사와 연결하여 이해해야 할 것이다.

　이 책에 수록한 작품은 이태준의 대표 단편소설 6편이다.
　「달밤」은 세상이 각박하고 경쟁적으로 변하다 보니, 순수나 순박함이 쓸모없다고 여겨지는 데 대해 유감스러워 하는 이야기를 담고 있다. 성북동에 이사 온 '나'는 신문 보조 배달원인 '황수건'을 만나고 순박한 시골의 정취를 느낀다. 시골과 서울의 차이는 반편이나 못난이들이 밖으로 나와 행세를 할 수 있느냐 없느냐에 달려 있다고 생각하기 때문이다. 그런데 반편인 '황수건'은 열심히 살고자 하는데 인생이 점점 풀리지 않고, 달밤에 술을 마시며 눈물과 한숨을 쏟아낸다. 더 이상 시골, 즉 순수함은 존재할 공간이 없음을 의미한다.

「까마귀」는 죽음에 대한 사유를 서정적인 문체로 써내려간 소설이다. 인기 없고 가난한 작가와 폐병에 걸려 죽어가는 여인은 우연히 만나서 죽음에 대해 많은 대화를 나눈다. 까마귀는 외로운 작가에게 친구가 되는 반면, 병에 걸린 여인에게는 죽음의 상징이 된다. 소설 속에 에드가 앨런 포의 시 「레이번」("The Raven", 갈까마귀)이 나오는데, 시와 이 소설의 내용이 많이 중첩된다. 작가가 포의 시에서 모티프를 얻어 소설로 창작한 것이라 추측된다.

「복덕방」은 과거의 가치관을 지닌 노인들이 근대화한 현재를 어떻게 살아가는지 보여주는 소설이다. 주인공 '안초시'는 불만이 가득한 채 시대의 변화에 적응하지 못하고, 현대무용가인 딸에게도 짐이 되자, 결국 자살이라는 막다른 골목에 처한다. 반면 '서참위'는 과거의 지위를 잊고 복덕방을 열심히 운영하며 웃으며 살기로 한다. '박희완 영감'은 대서업을 하려고 일본어를 배우러 다니며 새로운 생활을 꿈꾸는데, 그 꿈이 현실로 이루어질 가능성은 적다. 이 작품은 전근대에서 근대로 옮겨간 세상에서 노인들이 자존심과 싸우는 모습을 안쓰러운 시선으로 묘사한 소설이다.

「패강랭」은 고유한 전통과 문화를 버리고 현실을 따라가는 시대를 비판하는 소설이다. 소설가 '현'은 친구 '박'을 위로하러 10여 년 만에 평양에

간다. 평양의 옛 모습이 많이 사라져 있어서 '현'은 매우 아쉬워하는데, 부회의원 '김'은 '현'에게 지금 시대에 맞게 변해야 한다고 주장하여 두 사람이 크게 싸운다. 소설의 제목에서 '패강'은 대동강의 옛 이름이고, '랭'은 대동강의 물이 '차다'는 뜻이다. '현'은 『주역』에 나오는 '이상견빙지(서리를 밟으면 그 뒤에 얼음이 올 것을 각오하라)'라는 구절을 인용하여, 옛것을 무시하는 현실추수주의에 경고를 내린다.

「돌다리」는 땅의 의미를 생각해보게 하는 작품이다. 의사인 아들은 병원 증축을 위해 땅을 팔자고 하고, 아버지는 아들의 제안을 조심스럽게 거절한다. 땅은 만물의 근거이며 땅이 없다면 집과 나라가 존재할 수 없으니, 땅을 이해타산의 대상으로 삼을 수 없다는 게 그 이유다. 아버지의 이런 생각은 오래된 돌다리를 고치는 과정, 돌다리에 얽힌 역사를 통해 구체화된다.

「해방 전후」는 작가가 해방 직후에 발표한 작품으로 해방 이전의 소설과 사상적 경향이 매우 다르며, 역사적·정치적 서사성이 강하다. 주인공 '현'은 소설가인데, 일제강점기 말 일본 정부에 적극적으로 협력하지 않으려고 낙향을 했다가, 해방 이후 미국과 소련의 신탁통치를 둘러싼 정치적 갈등을 좌익작가의 입장에서 대변한다. 「패강랭」의 주인공인 소설가 '현'과 같은 인물이며, 두 인물은 모두 자기 자신이라고 작가가 밝힌 바 있다. 이 작품을 읽는 또 다른 재미는 우리나라가 일본으로부터 해방된 역사적인 날인 1945년 8월 15일과, 그 전후 며칠간의 모습을 간접적으로 경험할 수 있다는 점이다.

푸른생각에서 기획하여 발행하는 '한국 문학을 읽는다' 시리즈는 작품의 원문을 충실하게 실었다. 어려운 단어에는 낱말풀이를 세심하게 달아 작품의 이해를 돕고, 본문의 중간 중간에는 소제목을 붙여 이야기의 흐름을 놓치지 않도록 배려하였다. 또한 각 작품에 들어가기 전에 주요 등장인물을 소개하고, 수록한 작품 뒤에는 줄거리를 정리한 〈이야기 따라잡기〉를 마련해놓았다. 〈쉽게 읽고 이해하기〉는 작품세계를 정확하고 깊게 이해할 수 있도록 해설한 부분이다. 책의 끝에는 〈작가 알아보기〉를 붙여서 작가의 생애와 연보를 소개하였다.

'한국 문학을 읽는다' 시리즈가 청소년뿐만 아니라 일반 독자들에게 소설을 제대로 읽고 이해하는 데 도움이 되길 기대한다. 소설을 읽음으로써 인간세계를 보다 이해하고 삶의 진정성을 인식할 수 있다고 믿는다. 그리고 타인과 열린 마음으로 소통할 수 있으며 이상적인 공동체 사회의 실현에 기여를 할 수 있다고 생각한다. 이 소설 선집의 감상으로 그와 같은 가치가 실현될 수 있기를 희망한다.

2013년 10월
책임편집 조계숙

물고기 한 마리를 주면 하루를 살 수 있지만
물고기 잡는 법을 가르치면 평생을 살 수 있다.
— 노자(중국의 고대 사상가, B.C570 추정~B.C479 추정)

차례

한국 문학을 읽는다 **복덕방 · 달밤** 외

달밤 • 13
- 이야기 따라잡기 • 29 ■ 쉽게 읽고 이해하기 • 31

까마귀 • 35
- 이야기 따라잡기 • 58 ■ 쉽게 읽고 이해하기 • 60

복덕방 • 63
- 이야기 따라잡기 • 86 ■ 쉽게 읽고 이해하기 • 88

패강랭 • 91
- 이야기 따라잡기 • 109 ■ 쉽게 읽고 이해하기 • 111

돌다리 • 115
- 이야기 따라잡기 • 129 ■ 쉽게 읽고 이해하기 • 131

해방 전후 • 135
- 이야기 따라잡기 • 184 ■ 쉽게 읽고 이해하기 • 186

■ 작가 알아보기 • 190

· ·
일러두기

1. 각각의 작품은 등장인물 소개―작품 게재―이야기 따라잡기―쉽게 읽고 이해하기 의 순서로 되어 있습니다.
2. 작품의 원문을 되도록 충실하게 싣되, 독자의 이해를 돕기 위해 낱말풀이를 상세하게 달았고 중간중간에 소제목을 붙였습니다.
3. 〈등장인물〉에서는 작품에 등장하는 주요 등장인물을 소개하고 간단하게 설명하였습 니다.
4. 〈이야기 따라잡기〉에서는 작품의 줄거리를 요약 정리하였습니다.
5. 〈쉽게 읽고 이해하기〉에서는 작품을 감상하는 데 필요한 핵심적인 요소를 짚어 주었 습니다.
6. 마지막으로 〈작가 알아보기〉에서는 작가의 생애와 작품 활동, 작품 세계 등을 이해할 수 있습니다.

「달밤」(『중앙』, 1933)은

소설가인 '나'와 황수건의

에피소드에 관한 단편소설로,

우둔하지만 천진난만한 황수건을 통해

잃어버린 인간의 순수함에 대해 서술하고 있다.

달밤

"술은 눈물인가, 한숨인가."

등장인물

나 소설가. 황수건의 이야기를 이끌어가는 서술자로 황수건을 동정 어린 눈길로 바라본다.

황수건 천진하면서도 우둔한 인물. 사람들에게 '반푼'이라고 놀림을 받는다. 학교 소사, 보조 신문 배달원, 참외 장사 등을 하나 모두 실패하고 아내마저 도망간다.

달밤

성북동으로 이사온 '나'는 황수건을 만나게 된다

  성북동으로 이사 나와서 한 대엿새 되었을까, 그날 밤 나는 보던 신문을 머리맡에 밀어 던지고 누워 새삼스럽게,
"여기도 정말 시골이로군!"
하였다.
  무어 바깥이 컴컴한 걸 처음 보고 시냇물 소리와 쏴 하는 솔바람 소리를 처음 들어서가 아니라 황수건이라는 사람을 이날 저녁에 처음 보았기 때문이다.
  그는 말 몇 마디 사귀지 않아서 곧 못난이란 것이 드러났다. 이 못난이는 성북동의 산들보다 물들보다, 조그만 지름길들보다 더 나에게 성북동이 시골이란 느낌을 풍겨주었다.
  서울이라고 못난이가 없을 리야 없겠지만 대처(大處, 도시)에서는 못난이들이 거리에 나와 행세를 하지 못하고, 시골에선 아무리 못난이라도

마음 놓고 나와 다니는 때문인지, 못난이는 시골에만 있는 것처럼 흔히 시골에서 잘 눈에 뜨인다. 그리고 또 흔히 그는 태고(太古, 아주 먼 옛날) 때 사람처럼 그 우둔하면서도 천진스런 눈을 가지고, 자기 동리에 처음 들어서는 손에게 가장 순박한 시골의 정취를 돋워주는 것이다.

그런데 그날 밤 황수건이는 열 시나 되어서 우리 집을 찾아왔다.

그는 어두운 마당에서 꽥 지르는 소리로,

"아, 이 댁이 문안서……."

하면서 들어섰다. 잡담 제하고 큰일이나 난 사람처럼 건넌방 문 앞으로 달려들더니,

"저, 저 문안 서대문 거리라나요, 어디선가 나오신 댁입쇼?"

한다.

보니 합비(인력거꾼이나 신문 배달부 등이 입었던 웃옷)는 안 입었으되 신문을 들고 온 것이 신문 배달부다.

"그렇소, 신문이오?"

"아, 그런 걸 사흘이나 저, 저 건너 쪽에만 가 찾았습죠. 제기……."

하더니 신문을 방에 들이뜨리며,

"그런뎁쇼, 왜 이렇게 죄꼬만 집을 사구 와 곕쇼. 아, 내가 알았더라면 이 아래 큰 기와집도 많은 걸입쇼……."

한다. 하 말이 황당스러워 유심히 그의 생김을 내다보니 눈에 얼른 두드러지는 것이 빡빡 깎은 머리로되, 보통 크다는 정도 이상으로 골이 크다. 그런데다 옆으로 보니 짱구 대가리다.

"그렇소? 아무튼 집 찾느라고 수고했소."

하니 그는 큰 눈과 큰 입이 일시에 히죽거리며,

　"뭘입쇼, 이게 제 업(業)인뎁쇼."

하고 날래('빨리'의 방언) 물러서지 않고 목을 길게 빼어 방 안을 살핀다. 그러더니 묻지도 않는데,

　"저는입쇼, 이 동네 사는 황수건이라 합니다······."

하고 인사를 붙인다. 나도 깍듯이 내 성명을 대었다. 그는 또 싱글벙글하면서,

　"댁엔 개가 없구먼입쇼."

한다.

　"아직 없소."

하니,

　"개 그까짓 거 두지 마십쇼."

한다.

　"왜 그렇소?"

물으니, 그는 얼른 대답하는 말이,

　"신문 보는 집엔입쇼, 개를 두지 말아야 합니다."

한다. 이것 재미있는 말이다 하고 나는,

　"왜 그렇소?"

하고 또 물었다.

　"아, 이 뒷동네 은행소에 댕기는 집엔입쇼, 망아지만 한 개가 있는뎁쇼. 아, 신문을 배달할 수가 있어얍죠."

　"왜?"

"막 깨물라고 덤비는 걸입쇼."

한다. 말 같지 않아서 나는 웃기만 하니 그는 더욱 신을 낸다.

"그 놈의 개, 그저 한번, 양떡(남에게 뺨을 얻어맞는 것을 이르는 말)을 멕여 대야 할 텐데……."

하면서 주먹을 부르대는데 보니, 손과 팔목은 머리에 비기어 반비례로 작고 가느다랗다.

"어서 곤할 텐데 가 자시오."

하니 그는 마지못해 물러서며,

"선생님, 참 이 선생님 편안히 주뭅쇼. 저희 집은 여기서 얼마 안 되는 걸입쇼."

하더니 돌아갔다.

그는 이튿날 저녁, 집을 알고 오는데도 아홉 시가 지나서야,

"신문 배달해 왔습니다."

하고 소리를 치며 들어섰다.

"오늘은 왜 늦었소?"

물으니,

"자연 그럽죠."

하고 다른 이야기를 꺼냈다.

자기는 워낙(본디) 이 아래 있는 삼산학교에서 일을 보다 어떤 선생하고 뜻이 덜 맞아 나왔다는 것, 지금은 신문 배달을 하나 원 배달이 아니라 보조 배달이라는 것, 제 집엔 양친과 형님 내외와 조카 하나와 제 내외까지 식구가 일곱이란 것, 제 아버지와 제 형님의 이름은 무엇무엇이

며, 자기 이름은 황가인 데다가 목숨 수(壽) 자하고 세울 건(建) 자로 황수건이기 때문에, 아이들이 노랑수건이라고 놀려서 성북동에서는 가가호호에서 노랑수건 하면 다 자긴 줄 알 리라고 자랑스럽게 이야기하다가 이날도,

"어서 그만 다른 집에도 신문을 갖다줘야 하지 않소?"
하니까 그때서야 마지못해 나갔다.

우리 집에서는 그까짓 반편(半偏, 보통 사람보다 지능이 낮은 사람)과 무얼 대꾸를 해가지고 그러느냐 하되, 나는 그와 지껄이기가 좋았다.

그는 아무것도 아닌 것을 가지고 열심스럽게 이야기하는 것이 좋았고, 그와는 아무리 오래 지껄이어도 힘이 들지 않고, 또 아무리 오래 지껄이고 나도 웃음밖에는 남는 것이 없어 기분이 거뜬해지는 것도 좋았다. 그래서 나는 무슨 일을 하는 중만 아니면 한참씩 그의 말을 받아주었다.

어떤 날은 서로 말이 막히기도 했다. 대답이 막히는 것이 아니라 무슨 말을 해야 할까 막히었다. 그러나 그는 늘 나보다 빠르게 이야깃거리를 잘 찾아냈다. 오뉴월인데도 '꿩고기를 잘 먹느냐?'고도 묻고, '양복은 저고리를 먼저 입느냐 바지를 먼저 입느냐?'고도 묻고 '소와 말과 싸움을 붙이면 어느 것이 이기겠느냐?'는 둥, 아무튼 그가 얘깃거리를 취재하는 방면은 기상천외로 여간 범위가 넓지 않은 데는 도저히 당할 수가 없었다.

황수건은 신문 배달을 그만 두게 된다

하루는 나는 '평생 소원이 무엇이냐?'고 그에게 물어보았다. 그는 '그

까짓 것쯤 얼른 대답하기는 누워서 떡 먹기'라고 하면서 평생 소원은 자기도 원 배달이 한번 되었으면 좋겠다는 것이었다.

　남이 혼자 배달하기 힘들어서 한 이십 부 떼어주는 것을 배달하고, 월급이라고 원 배달에게서 한 삼 원 받는 터라 월급을 이십여 원을 받고, 신문사 옷을 입고, 방울을 차고 다니는 원 배달이 제일 부럽노라 하였다. 그리고 방울만 차면 자기도 뛰어다니며 빨리 돌 뿐만 아니라 그 은행소에 다니는 집 개도 조금도 무서울 것이 없겠노라 하였다.

　그래서 나는 '그럴 것 없이 아주 신문사 사장쯤 되었으면 원 배달도 바랄 것 없고 그 은행소 다니는 집 개도 상관할 바 없지 않겠느냐?' 한즉 그는 뚱그래지는 눈알을 한참 굴리며 생각하더니 '딴은 그렇겠다'고 하면서, 자기는 경난(經難)이 없어(어려운 일을 많이 겪어 얻은 경험이 많지 않아) 거기까지는 바랄 생각도 못하였다고 무릎을 치듯 가슴을 쳤다.

　그러나 신문사 사장은 이내 잊어버리고 원 배달만 마음에 박혔던 듯, 하루는 바깥마당에서부터 무어라고 떠들어대며 들어왔다.

　"이 선생님? 이 선생님 곕쇼? 아, 저도 내일부턴 원 배달이올시다. 오늘 밤만 자면입쇼……."

한다. 자세히 물어보니 성북동이 따로 한 구역이 되었는데, 자기가 맡게 되었으니까 내일은 배달복을 입고 방울을 막 떨렁거리면서 올 테니 보라고 한다. 그리고 '사람이란 게 그리게 무어든지 끝을 바라고 붙들어야 한다'고 나에게 일러주면서 신이 나서 돌아갔다. 우리도 그가 원 배달이 된 것이 좋은 친구가 큰 출세나 하는 것처럼 마음속으로 진실로 즐거웠다. 어서 내일 저녁에 그가 배달복을 입고 방울을 차고 와서 쫄럭거리는

(의기양양해하는) 것을 보리라 하였다.

  그러나 이튿날 그는 오지 않았다. 밤이 늦도록 신문도 그도 오지 않았다. 그다음날도 신문도 그도 오지 않다가 사흘째 되는 날에야, 이날은 해도 지기 전인데 방울 소리가 요란스럽게 우리 집으로 뛰어들었다.

  '어디 보자!'

하고 나는 방에서 뛰어나갔다.

  그러나 웬일일까, 정말 배달복에 방울을 차고 신문을 들고 들어서는 사람은 황수건이가 아니라 처음 보는 사람이다.

  "왜 전엣사람은 어디 가고 당신이오?"

물으니, 그는,

  "제가 성북동을 맡았습니다."

한다.

  "그럼, 전엣사람은 어디를 맡았소?"

하니 그는 픽 웃으며,

  "그까짓 반편을 어딜 맡깁니까? 배달부로 쓸랴다가 똑똑지가 못하니까 안 쓰고 말았나 봅니다."

한다.

  "그럼 보조 배달도 떨어졌소?"

하니,

  "그럼요, 여기가 따루 한 구역이 된 걸이오."

하면서 방울을 울리며 나갔다.

  이렇게 되었으니 황수건이가 우리 집에 올 길은 없어지고 말았다. 나도 가끔 문 안엔 다니지만 그의 집은 내가 다니는 길 옆은 아닌 듯 길가에서도 잘 보이지 않았다.

　나는 가까운 친구를 먼 곳에 보낸 것처럼, 아니 친구가 큰 사업에나 실패하는 것을 보는 것처럼, 못 만나는 섭섭뿐이 아니라 마음이 아프기도 하였다. 그 당자와 함께 세상의 야박함이 원망스럽기도 하였다.

　황수건은 학교 소사를 그만두게 된다

　한데 황수건은 그의 말대로 노랑수건이라면 온 동네에서 유명은 하였다. 노랑수건 하면 누구나 성북동에서 오래 산 사람이면 먼저 웃고 대답하는 것을 나는 차츰 알았다.
　내가 잠깐씩 며칠 보기에도 그랬거니와 그에겐 우스운 일화도 한두 가지가 아니었다.
　삼산학교에 급사로 있을 시대에 삼산학교에다 남겨놓고 나온 일화도 여러 가지라는데, 그중에 두어 가지를 동네 사람들의 말대로 옮겨보면, 역시 그때부터도 이야기하기를 대단 즐기어 선생들이 교실에 들어간 새, 손님이 오면 으레 손님을 앉히고는 자기도 걸상을 갖다 떡 마주 놓고 앉는 것은 물론, 마주 앉아서는 곧 자기 류의 만담 삼매로 빠지는 것인데, 한번은 도 학무국에서 시학관이 나온 것을 이 따위로 대접하였다. 일본말을 못하니까 만담은 할 수 없고 마주 앉아서 자꾸 일본말을 연습하였다.
　"센세이(先生, 선생님) 히, 오하요 고자이마스카(おはようございます, 안녕하

세요)? 히히 아메가 후리마스(雨が降ります, 비가 옵니다), 유키가 후리마스카(雪が降りますか, 눈이 옵니까)? 히히⋯⋯."

　시학관도 인정이라 처음엔 웃었다. 그러나 열 번 스무 번을 되풀이하는 데는 성이 나고 말았다. 선생들은 아무리 기다려도 종소리가 나지 않으니까, 한 선생이 나와보니 종 칠 것도 잊어버리고 손님과 마주 앉아서 '오하요 유키가 후리마스카⋯⋯' 하는 판이다.

　그날 수건이는 선생들에게 단단히 몰리고 다시는 안 그러겠노라고 했으나 그 버릇을 고치지 못해서 그예(기어이) 쫓겨 나오고 만 것이다.

　그는,

"너의 색시 달아난다."

하는 말을 제일 무서워했다 한다. 한번은 어느 선생이 장난의 말로,

"요즘 같은 따뜻한 봄날엔 옛날부터 색시들이 달아나기를 좋아하는데 어제도 저 아랫마을에서 둘이나 달아났다니까 오늘은 이 동리에서 꼭 달아나는 색시가 있을걸⋯⋯."

했더니 수건이는 점심을 먹다 말고 눈이 휘둥그레졌다 한다. 그리고 그날 오후에는 어서 바삐 하학을 시키고 집으로 갈 양으로 오십 분 만에 치는 종을 이십 분 만에, 삼십 분 만에 함부로 다가서(시간이나 날짜를 예정보다 당겨서) 쳤다는 이야기도 있다.

황수건은 '나'가 준 돈으로 장사를 시작한다

　하루는 거의 그를 잊어버리고 있을 때,

"이 선생님 겝쇼?"

하고 수건이가 찾아왔다. 반가웠다.

"선생님, 요즘 신문이 거르지 않고 잘 옵쇼?"

하고 그는 배달 감독이나 되어 온 듯이 묻는다.

"잘 오, 왜 그류?"

한즉 또,

"늦지도 않굽쇼, 일즉이 제때마다 꼭꼭 옵쇼?"

한다.

"당신이 돌 때보다 세 시간은 일찍이 오고 날마다 꼭꼭 잘 오."

하니 그는 머리를 벅적벅적 긁으면서,

"하루라도 거르기만 해라. 신문사에 가서 대뜸 일러바치지."

하고 그 빈약한 주먹을 부르댄다.

"그런뎁쇼, 선생님?"

"왜 그류?"

"삼산학교에 말씀예요, 그 제 대신 들어온 급사가 저보다 근력이 세게 생겼습죠?"

"나는 그 사람을 보지 못해서 모르겠소."

하니 그는 은근한 말소리로 히죽거리며,

"제가 거길 또 들어가 볼랴굽쇼. 운동을 합죠."

한다.

"어떻게 운동을 하오?"

"그까짓 거 날마다 사무실로 갑죠. 다시 써달라고 졸라댑죠. 아, 그랬더니 새 급사란 녀석이 저보다 크기도 무척 큰뎁쇼, 이 녀석이 막 불근댑니다그려. 그래 한번 쌈을 해야 할 텐뎁쇼, 그 녀석이 근력이 얼마나 센지 알아야 뎀벼들 텐뎁쇼……. 허."

"그렇지, 멋모르고 대들었다 매만 맞지."

하니 그는 한 걸음 다가서며 또 은근한 말을 한다.

"그래서입죠, 엊저녁엔 큰 돌멩이 하나를 굴려다 삼산학교 대문에다 놨습죠. 그리구 오늘 아침에 가보니깐 없어졌는뎁쇼. 이 녀석이 나처럼 억지루 굴려다 버렸는지, 뻔쩍 들어다 버렸는지 그만 못 봤거든입쇼, 제-길……."

하고 머리를 긁는다. 그러더니 갑자기 무얼 생각한 듯 손뼉을 탁 치더니,

"그런뎁쇼, 제가 온 건입쇼. 댁에선 우두(牛痘, 천연두를 예방하기 위해 소에서 뽑은 면역물질)를 넣지 마시라구 왔습죠."

한다.

"우두를 왜 넣지 말란 말이오?"

한즉,

"요즘 마마가 다닌다구 모두 우두들을 넣는뎁쇼, 우두를 넣으면 사람이 근력이 없어지는 법인뎁쇼."

하고 자기 팔을 걷어 올려 우두 자리를 보이면서,

"이걸 봅쇼. 저두 우두를 이렇게 넣었기 때문에 근력이 줄었습죠."

한다.

"우두를 넣으면 근력이 준다고 누가 그럽디까?"

물으니 그는 싱글거리며,

"아, 내가 생각해 냈습죠."
한다.
"왜 그렇소?"
하고 캐니,
"뭘……. 저 아래 윤금보라고 있는데 기운이 장산뎁쇼. 아 삼산학교 그 녀석두 우두만 넣었다면 그까짓 것 무서울 것 없는뎁쇼. 그걸 모르겠거든입쇼……."
한다. 나는,
"그렇게 용한 생각을 하고 일러주러 왔으니 아주 고맙소."
하였다. 그는 좋아서 벙긋거리며 머리를 긁었다.
"그래 삼산학교에 다시 들기만 기다리고 있소?"
물으니 그는,
"돈만 있으면 그까짓 거 누가 '고스카이(こづかい ; 소사, 잔심부름꾼)' 노릇을 합쇼. 밑천만 있으면 삼산학교 앞에 가서 뼈젓이 장사를 할 텐뎁쇼."
한다.
"무슨 장사?"
"아, 방학될 때까지 참외 장사도 하굽쇼, 가을부턴 군밤 장사, 왜떡 장사, 습자지, 도화지 장사 막 합죠. 삼산학교 학생들이 저를 어떻게 좋아하겝쇼. 저를 선생들보다 낫게 치는뎁쇼."
한다.
나는 그날 그에게 돈 삼 원을 주었다. 그의 말대로 삼산학교 앞에 가서

뻐젓이 참외 장사라도 해보라고, 그리고 돈은 남지 못하면 돌려오지 않아도 좋다 하였다.

그는 삼 원 돈에 덩실덩실 춤을 추다시피 뛰어나갔다. 그리고 그 이튿날,
"선생님 잡수시라굽쇼."
하고 나 없는 때 참외 세 개를 갖다두고 갔다. 그리고는 온 여름 동안 그는 우리 집에 얼른(얼씬) 하지 않았다. 들으니 참외 장사를 해보긴 했는데 이내 장마가 들어 밑천만 까먹었고, 또 그까짓 것보다 한 가지 놀라운 소식은 그의 아내가 달아났단 것이다. 저희끼리 금슬은 괜찮았건만 동서가 못 견디게 굴어 달아난 것이라 한다. 남편만 남 같으면 따로 살림 나는 날이나 기다리고 살 것이나 평생 동서 밑에 살아야 할 신세를 생각하고 달아난 것이라 한다.

'나'는 황수건을 만났지만 아무 말도 하지 못한다

그런데 요 며칠 전이었다. 밤인데 달포 만에 수건이가 우리 집을 찾아왔다. 웬 포도를 큰 것으로 대여섯 송이를 종이에 싸지도 않고 맨손에 들고 들어왔다. 그는 벙긋거리며,
"선생님 잡수라고 사왔습죠."
하는 때였다. 웬 사람 하나가 날쌔게 그의 뒤를 따라 들어오더니 다짜고짜로 수건이의 멱살을 움켜쥐고 끌고 나갔다. 수건이는 그 우둔한 얼굴이 새하얗게 질리며 꼼짝 못하고 끌려 나갔다.

나는 수건이가 포도원에서 포도를 훔쳐온 것을 직각(直覺, 즉시 곧바로 깨

달음)하였다. 쫓아나가 매를 말리고 포도 값을 물어주었다. 포도 값을 물어주고 보니 수건이는 어느 틈에 사라지고 보이지 않았다.

　나는 그 다섯 송이의 포도를 탁자 위에 얹어놓고 오래 바라보며 아껴 먹었다. 그의 은근한 순정의 열매를 먹듯 한 알을 가지고도 오래 입안에 굴려보며 먹었다.

　어제다. 문 안에 들어갔다 늦어서 나오는데 불빛 없는 성북동 길 위에는 밝은 달빛이 집(명주실로 조금 거칠게 짠 비단)을 깐 듯하였다. 그런데 포도원께를 올라오노라니까 누가 맑지도 못한 목청으로,
　"사······케······와 나······미다카 타메이······키······카······(酒は戻かためいきか, 술은 눈물인가, 한숨인가. 당시 널리 유행하던 일본 가요의 가사)."
를 부르며 큰길이 좁다는 듯이 휘적거리며 내려왔다. 보니까 수건이 같았다. 나는,
　"수건인가?"
하고 아는 체 하려다 그가 나를 보면 무안해 할 일이 있는 것을 생각하고, 휙 길 아래로 내려서 나무 그늘에 몸을 감추었다.

　그는 길은 보지도 않고 달만 쳐다보며, 노래는 그 이상은 외우지도 못하는듯 첫 줄 한 줄만 되풀이하면서 전에는 본 적이 없었는데 담배를 다 퍽퍽 빨면서 지나갔다.

　달밤은 그에게도 유감한 듯하였다.

이야기 따라잡기

　성북동으로 이사 온 '나'는 신문 보조 배달원인 황수건을 만나면서 시골의 정취를 느끼게 된다. 황수건은 삼산학교 소사를 하다가 쫓겨나 신문 보조 배달원을 하고 있는 '반편'으로 사람들의 놀림을 받는 인물이지만, '나'는 그런 황수건과 이야기하는 것을 좋아한다.
　황수건의 평생 소원은 신문 원 배달원이 되는 것이었다. 성북동이 따로 한 구역으로 나누어지자 황수건은 '나'를 찾아와 원 배달원이 되었다고 큰소리치지만 결국 다른 사람이 신문을 배달하러 온다. 삼산학교 소사로 있을 때도 일본인 시학관에게 아는 일본어로 똑같은 인사를 열 번 이상 반복하다가 시학관의 심기를 건드렸을 뿐만 아니라 종 치는 것도 잊어버렸다. 또 한 번은 봄에는 부인들이 잘 도망간다는 얘기를 듣고 아내가 도망갈까 봐 수업시간을 마음대로 단축해 종을 쳐서 소사에서 쫓겨났다.
　어느 날 찾아온 황수건은 '나'에게 장사 이야기를 꺼낸다. '나'는 황수건에게 장사 밑천으로 3원을 주고, 황수건을 그 돈으로 학교 앞에서 참외 장사를 시작한다. 그러나 황수건은 장사밑천을 다 까먹고, 금슬이 좋던 아내마저 동서의 시달림에 못 견디어 달아나게 된다.

　며칠 만에 다시 '나'를 찾아온 황수건은 '나'에게 포도 대여섯 송이를 건낸다. 그러나 곧 포도원 주인이 오고 '나'는 황수건을 대신해 포도 값을 물어준다. 그 일이 있은 후 어느 달밤에 노래를 부르며 길에서 휘적거리는 황수건을 보게 되지만 그가 무안해 할까 봐 차마 아무 말도 하지 못한다.

쉽게 읽고 이해하기

순박함을 배척하는 사회에 대한 유감

「달밤」은 1933년 『중앙』에 발표된 단편소설로 '나'와 '황수건'의 이야기를 1인칭 관찰자 시점으로 풀어가고 있다. 도시에서 전혀 볼 수 없는 것은 아니지만 시골에서 흔히 볼 수 있는 사람인 조금은 모자란 듯한 황수건 때문에 '나'는 성북동이 시골임을 느낀다. 다른 사람들에게 반푼 소리를 듣는 황수건은 신문 배달을 하며 근근히 살아가는 사람으로 이것저것 이야기하는 것을 좋아한다. '나'는 그런 황수건의 이야기를 듣는 것이 좋다. 완벽함을 추구하는 이 사회에서 황수건은 조금 모자라지만 순수하고 천진함을 지닌 사람이다. 성북동을 시골이라고 느끼는 것 역시 시골의 훈훈하고 정이 많은 이미지와 황수건의 이미지가 일치하기 때문이다.

황수건은 보통 사람에 비해 조금 모자라다. 그러나 관찰자인 '나'에게 있어 그것은 그와 대화를 하게 되는 계기를 제공해주는 요소이자, 동정 어린 시선으로 계속 관찰할 수 있도록 해주는 매개체이다. 아주 모자란 것은 아니기에 황수건이 사는 방식은 다른 사람들과 다르지 않다. 다른 사람의 보호나 관리에 의해 살아가야 하는 사람이 아니라 다른 사람과 동일한 방법으로 생계를 유지하고, 결혼생활을 유지하는 보통 사람인 것이다. 그래서 '나' 역시 황수건을 대할 때 무시하거나 얕잡아보는 것이 아니라 동등한 입장으로 대한다.

　이러한 '나'의 태도는 황수건이 '술'을 통해 '눈물'과 '한숨'을 쏟아내는 것을 보고 달밤마저도 유감을 느끼는 것을 통해 극대화된다. 각박한 세상에서 살아남기 위해 잃어버린 인간의 순수성에 대한 안타까움을 달밤마저도 유감을 느끼는 것으로 표현하고 있다.

각박한 세상에서 살아남기

　세상은 보통 사람들이 살기에도 각박하고 벅차다. 조금이라도 더 벌기 위해, 조금이라도 더 얻기 위해 타인을 누르고 올라서야 한다. 그래서 번번이 황수건은 다른 사람에게 자리를 빼앗기고 물러서게 된다. 좋아하던 신문 배달도 성북동이 한 구역으로 나누어지자 그만두게 되고, 학교 소사 자리도 힘 좋아 보이는 새로운 소사에게 빼앗기게 된다. 그렇게 황수건이 설 자리는 점점 줄어들지만 살아남기 위해 치열하게 살지 않는다. 그저 신문 배달하는 것이 좋아 사장이 아닌 원 배달원이 되려 했듯 남들보다 높아지려거나 부자가 되려는 욕심이 없다. 그래서인지 그는 계속 뒤처진다.

　관찰자인 '나'는 황수건을 도우려고 하지만, '나'가 할 수 있는 일은 고작 참외 장사를 할 수 있는 약간의 밑천을 대주거나, 포도 주인으로부터 매를 맞지 않도록 값을 물어주는 일뿐이다. 세상을 헤쳐나가는 것은 결국 황수건 혼자의 몫인 것이다. 그러나 황수건을 보는 '나'의 시선은 우둔함에 대한 핀잔이나 비웃음이 아니라 애정 어린 눈길이다. 황수건의 천진성, 그리고 얄팍하게 자신의 이익만을 추구하는 사람들과 달리 맑게 사는 황수건을 통해 잃어버린 인간의 순수성을 찾고자 한다. 아무것도 가진 것이 없지만 고마움을 표현하기 위해 포도를 훔치는 행동은 나밖에 모르는 이기적인 사람들에게서는 찾아볼 수 없는 순수함인 것이다. 그래서 도둑질이라는 범죄 행위에 대해서도 부정적인 시각으로 바라보는 것이 아니라 애처로운 시각으로 바라보고 있다.

과거를 기억하지 못하는 사람은 과거를 반복할 뿐이다.
— 조지 산타야나(미국의 철학자, 1863~1952)

「까마귀」(『조광』, 1936)는

괴벽한 문체의 작가인 '나'와 폐병으로

곧 죽게 될 '그녀'의 이야기를 그린 단편소설로,

까마귀의 이미지를 통해

죽음에 대한 공포와

인간의 근원적 고독을 그리고 있다.

까마귀

"죽음이 아름답게 생각될 때 죽는 것처럼
행복은 없을 것 같어요."

등장인물

그 인기 없는 작가. 하숙생활을 할 형편이 되지 않아 친구의 별장에 임시 거처를 정한다. 거기서 만난 폐병에 걸린 여인에게 희망을 주려고 노력한다.

여자 폐병 환자. 요양을 위해 시골로 내려왔다. 자신의 죽음을 알리는 것 같아 까마귀 울음소리를 싫어한다.

까마귀

인기 없는 작가인 그는 친구의 별장에서 지내게 된다

"호-."

새로 사온 것이라 등피에서는 아직 석유 내도 나지 않는다. 닦을 것도 별로 없지만 전에 하던 버릇으로 그렇게 입김부터 불어가지고 어스레해진(조금 어두워진) 하늘에 비춰보았다. 등피는 과민하게도 대뜸 뽀오얗게 흐려지고 만다.

"날이 꽤 차졌군……."

그는 등피를 닦으면서 아직 눈에 익지 않은 정원을 둘러보았다. 이끼 앉은 돌층계 밑에는 발이 묻히게 낙엽이 쌓여 있고 상나무, 전나무 같은 상록수를 빼어놓고는 단풍나무까지 이미 반나마 이울어(꽃이나 잎이 시듦) 어떤 나무는 잎이라고 하나도 없이 설명하게(아랫도리가 가늘고 어울리지 않게 길게) 서 있다. '무장해제를 당한 포로들처럼' 하는 생각을 하면서 그런 쓸쓸한 나무들이 이 구석 저 구석에 묵묵히 섰는 것을 그는 등피를

다 닦고도 다시 한참이나 바라보다가 자기 방으로 정한 바깥채 작은사랑으로 올라갔다.

　여기는 그의 어느 친구네 별장이다. 늘 괴벽한 문체(文體)를 고집하여 독자를 널리 갖지 못하는 그는 한 달에 이십 원 남짓하면 독방을 차지할 수 있는 학생층의 하숙생활조차 뜻대로 되지 않았다. 궁여의 일책(궁여지책(窮餘之策). 궁한 나머지 생각하다 못해 짜낸 계책)으로 이렇게 임시로나마 겨우내 그냥 비워두는 친구네 별장 방 하나를 빌린 것이다. 내년 칠월까지는 어느 방이든지 마음대로 쓰라고 해서 정자지기가 방마다 문을 열어 보이는 대로 구경하였으나 모두 여름에나 좋을 북향들이라 너무 음습하고 너무 넓고 문들이 많아서 결국은 바깥채로 나와, 상노(床奴, 밥상을 나르거나 잔심부름을 하는 어린아이)들이나 자는 방이라는 작은사랑을 치우게 한 것이다.

　상노들이나 자는 방이라 하나 별장 전체를 그리 손색 있게 하는 방은 아니었다. 동향이어서 여름에는 늦잠을 자지 못할 것이 흠일까. 겨울에는 어느 방보다 밝고 따뜻할 수 있고 미닫이와 들창도 다 갑창(甲窓, 이중창)까지 들인 데다 벽장문과 두껍닫이에는 유명한 화가인지 아닌지는 몰라도 낙관이 있는 사군자며 기명절지(器皿折枝, 여러 가지 그릇과 꽃, 과일 등을 섞어 그린 그림)가 붙어 있다. 밖으로도 문 위에는 추성각(秋聲閣)이라 추사체의 현판이 걸려 있고 양쪽 처마 끝에는 파아랗게 녹슨 풍경이 창연히 달려 있다. 또 미닫이를 열면 눈 아래 깔리는 경치로 큰사랑만 못한 것 같지 않으니, 산기슭에 나붓이 섰는 수각(水閣)과 그 밑으로 마른 연잎과 단풍이 잠긴 연당이며 그리고 그 연당 언덕으로 올라오면서 무룡

석으로 석가산을 모으고 잔디밭 새에 길을 돌린 것은 이 방에서 내려다보기가 그중일 듯싶었다. 그런데다 눈을 번뜻 들면 동편 하늘이 바다처럼 트이고 그 한편으로 훤칠한 늙은 전나무 한 채가 절벽같이 가려 섰는 것이다. 사슴의 뿔처럼 썩정귀(삭정이. 살아 있는 나무에 붙어 있는, 말라 죽은 가지)가 된 상가지(윗가지)에는 희끗희끗 새똥까지 묻히어서 고요히 바라보면 한눈에 태고가 깃들이는 듯한 그윽한 경치이다.

그는 방 앞에 있는 까마귀를 친구로 삼는다

오래간만에 켜보는 남폿불이다. 펄럭하고 성냥불이 심지에 옮기더니 좁은 등피 속은 자옥하게 연기와 김이 서리었다가 차츰차츰 밝아지는 것이었다. 그렇게 차츰차츰 밝아지는 남폿불에 뺑 둘러앉았던 옛날 집안사람들의 얼굴이 생각나게, 그렇게 남폿불은 추억 많은 불이다.

그는 누워 너무나 고요함에 귀를 빼앗기면서 옛사람들의 얼굴을 그려보다가 너무나 가까운 데서 까악! 까악! 하는 까마귀 소리에 얼른 일어나 문을 열었다. 바깥은 아직 아주 어둡지 않았다. 또 까악! 까악! 하는 소리에 치어다보니 지나가면서 우는 소리가 아니라 바로 그 전나무 썩정 가지에 시커먼 세 마리가 웅크리고 앉아 그러는 것이었다.

'까마귀!'

까치나 비둘기를 본 것만은 못하였다. 그러나 자연이 준 그의 검음과 그의 탁한 음성을 까닭 없이 저주할 필요는 느끼지 않았다. 마침 정자지기가 올라와서,

"아, 진지는 어떡하십니까?"

하는 말에, 우유하고 빵이나 먹고 밥 생각이 나면 문안 들어가 사 먹는다고, 그래도 자기는 괜찮다고 어름어름하고(얼버무리고) 말막음으로,

"웬 까마귀들이?"

하고 물었다.

"네, 이 동네 많습니다. 저 나무에 늘 와 사는 걸입쇼."

"그래요? 그럼 내 친구가 되겠군……."

하고 그는 웃었다.

"요 아래 돼지 기르는 데가 있습죠니까? 거기 밥찌꺼기 같은 게 흔하니까, 그래 까마귀가 떠나질 않습니다."

하면서 정자지기는 한 걸음 나서 풀매(팔매. 돌 따위를 손에 쥐고, 팔을 힘껏 흔들어서 멀리 내던짐) 치는 형용을 하니 까마귀들은 주춤하고 날 듯한 자세를 가지다가 아래를 보더니 도로 앉아서 이번에는 '까르르……' 하고 'GA' 아래 'R'이 한없이 붙은 발음을 하는 것이다.

정자지기가 내려간 후 그는 다시 호젓하니 문을 닫고 아까와 같이 아무렇게나 다리를 뻗고 누워버렸다.

배가 고팠다. 그는 또 그 어느 학자의 수면습관설이 생각났다. 사람이 밤새도록 그 여러 시간을 자는 것은 불을 발명하기 전에 할 일 없어 자기만 한 것이 습관으로 전해진 것뿐이요, 꼭 그렇게 여러 시간을 자야만 될 리는 없다는 것이다. 그는 이 수면습관설에 관련하여 식욕이란 것도 그런 것으로 믿어보고 싶었다. 사람은 하루 꼭꼭 세 번씩 으레 먹어야 될 것처럼 충실히 먹는 것이나 이것도 그렇게 많이 먹어야만 되게 되어

서가 아니라, 애초에는 수효 적은 사람들이 넓은 자연 속에서 먹을 것이 쉽사리 손에 들어오니까 먹기만 하던 것이 습관으로 전해진 것뿐이요, 꼭 그렇게 세 끼씩이나 계획적으로 먹어야만 될 리는 없을 것 같았다. 그런데 사람이 잠을 자기 위해서는 그처럼 큰 부담이 있는 것은 아니나 먹기 위해서는, 하루 세 번씩 먹는 그 습관을 지키기 위해서는 얼마나 큰, 얼마나 무거운 부담이 있는 것인가. 그러기에 살려고 먹는 것이 아니라 먹으려고 산다는 말까지 생긴 것이 아닌가 생각되었다.

'먹을려구 산다! 평생을 먹을려구만 눈이 빨개 허둥거리다 죽어? 그건 실로 사람의 모욕이다.'

그는 쓴웃음을 지으며 지금 자기의 속이 쓰려 올라오는 것과 입속이 빡빡해지며 눈에는 자꾸 기름진 식탁이 나타나는 것을 한낱 무가치한 습관의 발작으로만 돌려버리려 노력해보는 것이다.

'어디선가 루날(쥘 르나르. 프랑스 소설가이자 극작가)은 예술가는 빵 한 근보다 꽃 한 송이를 꺾는다고, 그러나 배가 고프면? 하고 제가 묻고는 그러면 그는 괴로워하고 훔치고 혹은 사람을 죽일지도 모른다. 그렇더라도 글쓰기를 버리지는 않을 게라고 했다. 난 배가 고파할 줄 아는 얄미운 습관부터 아예 망각시켜 보리라. 잉크는 새것이 한 병 새벽 우물처럼 충충히 담겨 있것다, 원고지도 두툼한 게 여남은 축(軸, 종이를 세는 단위) 쌓여 있것다!'

그는 우선 그 문 앞으로 살랑살랑 지나다니면서 "쌀값은 오르기만 허구…… 석탄두 들여야겠는데……"를 입버릇처럼 하던 주인마누라의 목소리를 십 리나 떨어져서 은은한 풍경 소리와 짙은 어둠에 흠뻑 싸인,

까마귀

이 산장 호젓한 방에서 옛 애인을 만난 듯한 다정스러운 남폿불을 돋우고 글만을 생각하는 데 취할 수 있는 것이 갑자기 몸이 비단에 싸이는 듯, 살이 찔 듯한 행복이었다.

그는 정원에서 산책하던 여인을 만난다

저녁마다 그는 남포에 새 석유를 붓고 등피를 닦고 그리고 까마귀 소리를 들으면서 어둠을 기다리었다. 방 구석구석에서 밤의 신비가 소곤거려 나올 때 살며시 무릎을 꿇고 귀한 손님의 의관처럼 공손히 남포갓을 들어 올리고 불을 켜는 것이며 펄럭거리던 불방울이 가만히 자리 잡는 것을 보고야 아랫목으로 물러나 그제는 눕든지 앉든지 마음대로 하며 혼자 밤이 깊도록 무얼 읽고 무얼 생각하고 무얼 쓰고 하는 것이다. 그래서 아침이면 늘 늦도록 자곤 하였다. 어떤 날은 큰사랑 뒤에 있는 우물에 올라가 세수를 하고 나면 산 너머로 오정(정오. 낮 12시) 소리가 울려오기도 했다. 그러다가 이날은 무슨 무서운 꿈을 꾸고 그 서슬에 소스라쳐 깨어보니 밤은 벌써 아니었다. 미닫이에는 전나무 가지가 꿩의 장목처럼 비끼었고(비스듬히 놓이거나 늘어졌고) 쨍쨍한 햇볕은 쏴아 소리가 날 듯 쪼여 있었다. 어수선한 꿈자리를 떨쳐 버리는 홀가분한 기분과 여기 나와서는 일찍 깨어보는 호기심에서 그는 머리를 흔들고 미닫이부터 쫙 밀어놓았다. 문턱을 넘어 드는 바깥 공기는 체온에 부딪히는 것이 찬물 같았다. 여윈 손으로 눈을 비비며 얼마나 아름다운 아침인가를 내어다보았다. 해는 역광선이어서 부신 눈으로 수각을 더듬고 연당을 더듬고 잔디밭길을 더듬다가 그 실뱀 같은 잔디밭길에서다. 그는 문득 어떤 여자의 그림자 하나를 발견한 것이다.

　여태 꿈인가 해서 다시금 눈부터 비비었다. 확실히 여자요, 또 확실히 고요히 섰으되 산 사람이었다. 그는 너무 넓게 열렸던 문을 당황히 닫아 버리고 다시 조그만 틈으로 내어다보았다.

　여자는 잊어버린 듯 오래도록 햇볕만 쏘이고 서 있다가 어디선지 산새 한 마리가 날아와 가까운 나뭇가지에 앉는 것을 보더니 그제야 사뿐 발을 떼어놓았다. 머리는 틀어 올리었고 저고리는 노르스름한 명주빛인데 고동색 스웨터를, 아이 업듯, 두 소매는 앞으로 늘어뜨리고 등에만 걸치었을 뿐, 꽤 날씬한 허리 아래엔 옥색 치맛자락이 부드러운 물결처럼 가벼운 주름살을 일으키었다. 빨간 단풍잎 하나를 들었을 뿐, 고요한 아침 산보인 듯하다.

　'누굴까?'

　그는 장정(裝幀, 책의 겉장이나 면지, 도안, 싸개 따위의 겉모양을 꾸민 모양새) 고운 신간서(新刊書)에처럼 호기심이 일어났다. 가까이 축대 아래로 지나가는 것을 보니 새 양봉투 같은 깨끗한 이마에 눈결은 뉘어 쓴 영어 글씨같이 채근하다. 꼭 다문 입술, 그리고 뽀로통한 콧봉우리에는 여간치 않은 프라이드가 느껴지는 얼굴이었다.

　'웬 여잔데?'

　이튿날 아침에도 비교적 이르게 잠이 깨었다. 살며시 연당 쪽을 내어다보니 연당 앞에도 잔디밭길에도 아무도 사람이라고는 보이지 않았다. 왜 그런지 붙들었던 새를 날려보낸 듯 그는 서운하였다.

이날 오후이다. 그는 낙엽을 긁어다가 불을 때고 있었다. 누군지 축대 아래에서 인기척이 났다. 머리를 쓸어 넘기며 내려다보니 어제 아침의 그 여자다. 어제 그 옷, 그 모양, 그 고요함으로 약간 발그레해진 얼굴을 쳐들고 사뭇 아는 사람을 보듯 얼굴을 돌리려 하지 않고 걸음을 멈추고 섰는 것이다. 이쪽은 당황하여 다시 머리를 쓸어 넘기며 일어섰다.

"×선생님 아니세요?"

여자가 거의 자신을 가지고 먼저 묻는다.

"네, ×××입니다."

"……"

여자는 먼저 물어놓고 더 말이 없이 귀밑까지 발그레해지는 얼굴을 푹 수그렸다. 한참이나 아궁에서 낙엽 타는 소리뿐이었다.

"절 아십니까?"

"……"

여자는 다시 얼굴을 들 뿐, 말은 없다가 수줍은 웃음을 머금고 옆에 있는 돌층계를 휘뚝휘뚝 올라왔다. 이쪽에서는 낙엽 한 무더기를 또 아궁에 쓸어넣고 손을 털었다.

"문간에 명함 붙이신 걸루 알았세요."

"네……"

"저두 선생님 독자예요. 꽤 충실한……"

"그러십니까? 부끄럽습니다."

그는 손을 비비며 여자의 눈을 보았다. 잦아든 가을 호수와 같이 약간 꺼진 듯한, 피곤한 눈이면서도 겨울 별 같은 찬 광채가 일어났다.

"손수 불을 때시나요?"

"네."

"전 이 집 정원을 저희 집처럼 날마다 산보 와요, 아침이문……."

"네! 퍽 넓구 좋은 정원입니다."

"참 좋아요…… 어서 때세요."

"네, 이 동네 계십니까?"

"요 개울 건너예요."

이날은 더 이야기가 나올 새 없이 부끄러움도 미처 걷지 못하고 여자는 돌아가고 말았다.

폐병 환자인 그녀는 까마귀가 싫다

그는 한참 뒤에 바깥 한길로 나와 개울 건너를 살펴보았다. 거기는 기와집, 초가집, 여러 집이 언덕에 층층으로 놓여 있었다. 어느 것이 그 여자가 들어간 집인지 짐작조차 할 수 없었다.

이날 저녁에 정자지기를 만나 물었더니,

"그 여자 병인이올시다."

하였다. 보기에 그리 병색은 아니더라 하니,

"뭐 폐병이라나요. 약 먹누라구 여기 나왔는데 숨이 차 산엔 못 댕기구 우리 정자루만 밤낮 오죠."

하였다.

폐병! 그는 온전한 남의 일 같지 않게 마음이 쓰였다. 그렇게 예모(禮

貌, 예절에 맞는 몸가짐) 있고 상냥스러운 대화를 지껄일 수 있는 아름다운 입술이 악마 같은 병균을 발산하리라는 사실은 상상만 하기에도 우울하였다.

그러나 그 다음날부터는 정원에서 그 여자를 만나 인사할 수 있는 것이 즐거웠고 될 수만 있으면 그를 위로해주고 그와 더불어 자기의 빈한한 예술을 이야기하고 싶었다. 그래서 그 여자가 자기의 방 문 앞으로 왔을 때는 몇 번이나,

"바람이 찹니다."

하여 보았다. 그러나 번번이,

"여기가 좋아요."

하고 여자는 툇마루에 걸터앉았고 손수건으로 자주 입과 코를 막기를 잊지 않았다. 하루는,

"글쎄 괜찮으니 좀 들어오십시오."

하고 괜찮다는 말에 힘을 주었더니 여자는 약간 상기가 되면서 그래도 이쪽에 밝히 따지려는 듯이,

"전 전염병 환자예요."

하고 쓸쓸한 웃음을 지었다.

"글쎄 그런 줄 압니다. 괜찮으니 들어오십시오."

하니 그제야 가벼운 감격이 마음속에 파동 치는 듯, 잠깐 멀리 하늘가에 눈을 던지었다가 살며시 들어왔다. 황혼이었다. 동향 방의 황혼이라 말할 때의 그 여자의 맑은 눈 속과 흰 잇속만이 별로 또렷또렷 빛이 났다.

"저처럼 죽음에 대면해 있는 처녀를 작품 속에서 생각해보신 적 계세

요, 선생님?"

"없습니다! 그리구 그만 정도에 왜 죽음을 생각허십니까?"

"그래두 자꾸 생각하게 되어요."

하고 여자는 보일 듯 말 듯한 웃음으로 천장을 쳐다보았다. 한참 침묵 뒤에,

"전 병을 퍽 행복스럽다 했어요. 처음엔……."

하고 또 가벼이 웃었다.

"……."

"모두 날 위해주구 친구들이 꽃을 가지구 찾어와주구, 그리구 건강했을 때보다 여간 희망이 많지 않어요. 인제 병이 나으면 누구헌테 제일 먼저 편지를 쓰겠다, 누구헌테 전에 잘못한 걸 사과하리라…… 참 벨벨 희망이 다 끓어올랐예요…… 병든 걸 참 감사했예요. 그땐……."

"지금은요?"

"무서워졌예요. 죽음두 첨에는 퍽 아름다운 걸루 알었드랬예요. 언제든지 살다 귀찮으면 꽃밭에 뛰어들듯 언제나 아름다운 죽음에 뛰어들 수 있는 걸 기뻐했예요. 그런데 이렇게 닥뜨리고 보니 겁이 자꾸 나요. 꿈을 꿔두……."

하는데 까악까악 하는 소리가 바로 그 전나무 썩정 가지에서인 듯, 언제나 똑같은 거리에서 울려왔다.

"여기 나와선 까마귀가 내 친굽니다."

하고 그는 억지로 그 불길스러운 소리를 웃음으로 덮어버리려 하였다.

"선생님은 친구라구꺼정! 전 이 동네가 모두 좋은데 저게 싫어요. 죽

까마귀

음을 잊어버리면 안 된다구 자꾸 깨쳐주는 것 같아요."

"건 괜한 관념인 줄 압니다. 흰 새가 있듯 검은 새도 있는 거요. 소리 맑은 새가 있듯 소리 탁한 새도 있는 거죠. 취미에 따런 까마귀도 사랑할 수 있는 샌 줄 압니다."

"건 죽음을 아직 남의 걸로만 아는 건강한 사람들의 두개골을 사랑하는 것 같은 악취미겠지요. 지금 저헌텐 무서운 짐승이에요. 무슨 음모를 가지구 복면허구 내 뒤를 쫓아다니는 무슨 음흉한 사내같이 소름이 끼쳐요. 아마 내가 죽으면 저 새가 덥석 날러와 앞을 설 것만 같이……."

"……"

"죽음이 아름답게 생각될 때 죽는 것처럼 행복은 없을 것 같아요."
하고 여자는 너무 길게 지껄였다는 듯이 수건으로 입을 코까지 싸서 막고 멀거니 어두워 들어오는 미닫이를 바라보았다.

그는 그녀의 병을 구하기 위해 애인이 되어주기를 결심한다

이 병든 처녀가 처음으로 방에 들어와 얼마 안 되는 이야기를 그의 체온과 그의 병균과 함께 남기고 간 날 밤, 그는 몹시 우울하였다.

'무슨 말을 하여야 그 여자를 위로할 수 있을까?'

'과연 그 여자의 병은 구할 수 없는 것일까?'

'어떻게 하면 그 여자에게 죽음이 다시 한번 꽃밭으로 보일 수 있을까?'

그는 비스듬히 벽에 기대어 이것을 생각하다가 머릿속에서 무엇이 버스럭거리는 소리를 들었다. 가만히 이마에 손을 대니 그것은 벽장 속에서 나는 소리였다. 그는 벽장을 열고 두어 마리의 쥐를 쫓고 나무때기처럼 굳은 빵 한 쪽을 꺼내었다. 그리고 한 손으로는 뒷산에서 주워온 그 환약과 같이 둥그러면서도 가랑잎처럼 무게가 없는 토끼의 배설물을 집어보면서 요즘은 자기의 것도 그렇게 담박한 것이 틀리지 않을 것을 미소하였다. '사람에게서도 풀내가 나야 한다' 한 철인 소로(헨리 데이비드 소로. 미국의 사상가이자 문학가)의 말이 생각났으며 사람도 사는 날까지 극히 겸손한 곤충처럼 맑은 이슬과 향기로운 풀잎으로만 만족하지 못하는 것을, 그 운명이 슬픈 생각도 났다.

'무슨 말을 하여주면 그 여자에게 새 희망이 생길까?'

그는 다시 이런 궁리에 잠기었고 그랬다가 문득,

'내가 사랑하리라!'

하는 정열에 부딪치었다.

'확실히 그 여자는 애인을 갖지 못했을 거다. 누가 그 벌레 먹는 가슴에 사랑을 묻었을 거냐!'

그는 그 여자의 앉았던 자리에 두 손길을 깔아보았다. 싸늘한 장판의 감촉일 뿐, 체온은 날아간 지 오래였다.

'슬픈 아가씨여, 죽더라도 나를 사랑하면서 죽어다오! 애인이 없이 죽는 것은 애인을 남기고 죽기보다 더욱 슬플 것이다……. 오래전부터 병균과 싸워온 그대에겐 확실히 애인이 있을 수 없을 게다.'

그는 문풍지 떠는 소리에 덧문을 닫고 남포에 불을 낮추고 포(에드가 알렌 포. 미국 시인이자 소설가)의 슬픈 시 「레이번」("The Raven". 갈까마귀란 뜻)을

생각하면서,

"레노어? 레노어?"

하고, 포가 그의 애인의 망령을 부르듯이 슬픈 음성을 소리쳐보기도 하였다. 그 덮을 것도 없이 애인의 헌 외투 자락에 싸여서, 그러나 행복스럽게 임종하였을 레노어의 가엾고 또 아름다운 시체는, 생각하여 보면 포의 정열 이상으로 포근히 끌어안아 보고 싶은 충동도 일어났다. 포가 외로운 서재에 앉아 밤 깊도록 옛 책을 상고할 때 폭풍은 와 문을 열어젖뜨렸고 검은 숲속에서는 보이지도 않는 까마귀가 울면서 머리 풀어헤친 아름다운 레노어의 망령이 스르르 방 안 한구석에 들어서곤 하였다.

'오오, 나의 레노어! 너는 아직 확실히 애인을 갖지 못했을 거다. 내가 너를 사랑해주며 내가 너의 죽음을 지키는 슬픈 애인이 되어주마!'

그는 밤이 너무나 긴 것을 탄식하며 어서 날이 밝기를 기다리었다.

그러나 밝는 날 아침의 하늘은 너무나 두껍게 흐려 있었고 거친 바람은 구석구석에서 몰려나오며 눈발조차 희끗희끗 날리었다. 온실 속에서나 갸웃이 내어다보는 한 송이 온대지방 꽃처럼, 그렇게 가냘픈 그 처녀의 얼굴이 도저히 나타나기를 바랄 수 없는 날씨였다.

'오, 가엾은 아가씨! 너는 이렇게 흐린 날 어두운 방 속에 누워 애인이 없이 죽을 것을 슬퍼하리라! 나의 가엾은 레노어!'

사흘이나 눈이 오고 또 사흘이나 눈보라가 치고 다시 며칠 흐리었다가 눈이 오고 그리고 날이 들고 따뜻해졌다. 처마 끝에서 눈 녹은 물이 비 오듯 하는 날 오후인데 가엾은 아가씨가 나타났다. 더 창백해진 얼굴에는 상장(喪章, 상중임을 나타내기 위해 옷깃이나 소매 따위에 다는 표) 같은 마스크

를 입에 대었고 방에 들어와서는 눈꺼풀이 무거운 듯 자주 눈을 감았다 뜨면서,

"그간 두어 번이나 몹시 각혈을 했어요."
하였다.

"그러나……."

"의사는 기관에서 터진 피래지만 전 가슴에서 나온 줄 모르지 않어요."

"그래두 의사가 더 잘 알지 않겠어요?"

"의사가 절 속여요. 의사만 아니라 사람들이 다 날 속이려구만 들어요. 돌아서선 뻔히 내가 죽을 걸 이야기허다가두 나보군 아닌 체들 해요. 그래서 벌써부터 난 딴 세상 사람처럼 따돌리는 게 저는 슬퍼요. 죽음이 그렇게 외로운 거란 걸 날 죽기 전부터 맛보게들 해요."

아가씨의 말소리는 떨리었다.

"그래두…… 만일 지금이라두 만일…… 진정으루 사랑하는 사람이 있다면 그 사람의 말만은 곧이들으시겠습니까?"

"……."

눈을 고요히 감고 뜨지 않았다.

"앓으시는 병을 조곰도 싫어하지 않고 정말 운명을 같이 따라 하려는 사람만 있다면……?"

"그럼 그건 아마 사람이 아니겠지요. 저헌테 사랑하는 사람이 있긴 있어요……. 절 열렬히 사랑해주어요. 요즘두 자주 저헌테 와요."

"……."

"그는 정말 날 사랑하는 표루, 내가 이런, 모두 싫어허는 병이 걸린 걸

자기만은 싫어허지 않는단 표루 하루는 내 가슴에서 나온 피를 반 컵이나 되는 걸 먹기까지 한 사람이에요. 그렇지만 그게 내게 위로가 되는 줄 아세요?"

"……."

그는 우울할 뿐이었다.

"내 피까지 먹구 나 허구 그렇게 가깝게 해두 그는 저대로 건강하구 저대루 살아가야 할 준비를 하니까요. 머리가 좋으면(길면) 이발소에 가고, 신이 해지면 새 구둘 맞추구, 날마다 대학 도서관에 다니면서 학위 받을 연구만 하구 있어요. 그러니 얼마나 저 허곤 길이 달러요? 전 머릿속에 상여, 무덤 그런 생각뿐인데……."

"왜 그런 생각만 자꾸 하십니까?"

"사람끼린 동정하구퍼두 동정이 안 되는 거 같어요."

"왜요?"

"병자에겐 같은 병자가 되는 것 아니곤 동정이 못 될 겁니다. 그런데 어떻게 맘대루 같은 병자가 되며 같은 정도로 앓다, 같은 시각에 죽습니까? 뻔히 죽을 사람을 말로만 괜찮다 괜찮다 하구 속이는 건 이쪽을 더 빨리 외롭게만 만드는 거예요."

"어떤 상여를 생각하십니까?"

그는 대담하게 이런 것을 물어주었다. 그렇게 하는 것이 그 아가씨의 세계에 접근하는 것이 될까 하였다.

"조선 상여는 참 타기 싫어요. 요즘 금칠 막 한 자동차두 보기두 싫어요. 하아얀 말 여럿이 끌구 가는 하아얀 마차가 있다면…… 하구 공상해

봤어요. 그리구 무덤두 조선 무덤들은 참 암만해두 정이 가질 않어요. 서양엔 묘지가 공원처럼 아름답다는데 조선 산수들이야 어디 누구의 영원한 주택이란 그런 감정이 나요? 곁에 둘 수 없으니 흙으루 덮구 그냥 두면 비에 패이니까 잔디를 심는 것뿐이지 꽃 한 송이 심을 데나 꽂을 데가 있어요? 조선 사람처럼 죽은 사람의 감정을 안 생각해주는 사람들은 없는 것 같아요. 괜히 그 듣기 싫은 목소리루 울기만 허고 까마귀나 모여들게 떡쪼가리나 갖다 어질러놓구……."

"……."

"선생님은 왜 이렇게 외롭게 사세요?"

"……."

그는 아무 대답도 하지 않았다. 그 여자에게 애인이 없으리라 단정한 자기의 어리석음을 마음 아프게 비웃었고 저렇게 절망에 극하여 세상 욕심이라고는 털끝만치도 없는 거룩한 여자를 애인으로 가진 그 젊은 학도가 몹시 부러운 생각뿐이었다.

그녀의 공포심을 덜어주기 위해 까마귀를 죽인다

날은 이미 황혼에 가까웠다. 연당 아래 전나무 꼭대기에서는 아직, 그 탁한 소리로 울지는 않으나 그 우악스런 주둥이로 그 검은 새들이 썩정귀를 쪼는 소리가 딱딱 울려왔다.

"까마귀가 온 게지요?"

"그렇게 그게 싫으십니까?"

"싫어요. 그것 뱃속엔 아마 별별 귀신 딱지가 다 든 것처럼 무서워요. 한번은 꿈을 꾸었는데 까마귀 뱃속에 무슨 부적이 들구 칼이 들구 시퍼런 불이 들구 한 걸 봤어요. 웃지 마세요. 상식은 절 떠난 지 벌써 오래요……."

"허허……."

그러나 그는 웃고 속으로 이제 까마귀를 한 마리 잡으리라 하였다. 그 배를 갈라서 그 속에는 다른 새나 조금도 다를 것이 없는 내장뿐인 것을 보여주리라. 그래서 그 상식을 잃은 여자의 까마귀에 대한 공포심을 근절시키고, 그래서 죽음에 대한 공포심까지도 좀 덜게 해주리라 마음먹었다.

그는 이 아가씨가 간 뒤에 그 길로 뒷산에 올라 물푸레나무를 베다가 큰 활을 하나 메웠다. 꼿꼿한 싸리로 살을 만들고 끝에다는 큰 못을 갈아 촉을 박고 여러 번 겨냥을 연습하여 보고 까마귀를 창문 가까이 유혹하였다. 눈 위에 여기저기 콩을 뿌리었더니 그들은 마침내 좌우를 의뭉스런(겉으로는 어리석어 보이나 속으로는 엉큼한 데가 있는) 눈으로 두리번거리면서도 내려와 그것을 쪼았다. 먼 데 것이 없어지는 대로 그들은 곧 날 듯 날듯이 어깨를 곤추세우면서도 차츰차츰 방 문 가까이 놓인 것을 쪼며 들어왔다. 방 안에서는 숨을 죽이고 조그만 문구멍에 살촉을 얹고 가장 가까이 들어온 놈의 옆구리를 겨냥하여 기운껏 활을 당겨가지고 쏘아버렸다.

푸드득 하더니 날기는 다 날았으나 한 놈이 죽지에 살이 박힌 채 이내 그 자리에 떨어졌고 다른 놈들은 까악까악 거리면서 전나무 꼭대기로 올라갔다. 그는 황망히 신을 끌며 떨어진 놈을 쫓아 들어가 발로 덮치려 하였다. 그러나 까마귀는 어느 틈에 그의 발밑에 들지 않고 훌쩍 몸을 솟구어 그 찬란한 핏방울을 눈 위에 흩뿌리며 두 다리와 한 날개로 반은 날고 반은 뛰면서 잔디밭 쪽으로 더풀더풀 달아났다. 이쪽에서도 숨차게 뛰어 다우쳤다. 보기에 악한(악당)과 같은 짐승이었지만 그도 한낱 새였다. 공중을 잃어버린 그에겐 이내 막다른 골목이 나왔다. 화살이 그냥 박힌 채 연당으로 내려가는 도랑창에 거꾸로 박히더니 쌕쌕하면서 불덩어리인지 핏방울인지 모를 두 눈을 뒤집어쓰고 집게 같은 입을 딱딱 벌리며 대가리를 곧추들었다. 그리고 머리 위에서는 다른 놈들이 전나무에서 내려와 까악거리며 저희 가족을 기어이 구하려는 듯이 낮게 떠돌며 덤비었다.

그는 슬그머니 겁이 나기도 했으나 뭉우리돌(모난 데가 없이 둥글둥글하게 생긴 큼지막한 돌)을 집어 공중의 놈들을 위협하여 도랑에서 다시 더풀 올려솟는 놈을 쫓아 들어가 곧은 발길로 멱투시(멱살)를 차 내던지었다. 화살은 빠져 떨어지고 까마귀만 대여섯 간 밖에 나가떨어지며 킥 하고 뻐르적거렸다(고통이나 어려운 일에서 벗어나려고 팔다리를 내저으며 자꾸 움직였다). 다시 쫓아가 발길을 들었으나 그때는 벌써 까마귀는 적을 볼 줄도 모르고 덮어 누르는 죽음과 싸울 뿐이었다. 그는 두근거리는 가슴으로 이 검은 새의 죽음의 고민을 내려다보며 그 병든 처녀의 임종을 상상해보았다. 슬픈 일이었다. 그는 이내 자기 방으로 돌아왔고 나중에 정자지기를 시켜 그 죽은 까마귀의 목을 매어 어느 나뭇가지에 걸게 하였다. 그리고 어서 그 아가씨가 나타나면 곧 훌륭한 외과의(外科醫)나처럼 그 검은 시체를 해부하여 까마귀의 뱃속에도 다른 날짐승과 똑같이 단순한 조류(鳥類)의 내장이 있을 뿐, 결코 그런 무슨 부적이거나 칼이거나 푸른 불이 들어 있지 않다는 것을 증명하리라 하였다.

그러나 날씨는 추워가기만 하고 열흘에 한번도 따뜻한 해가 비치지 않았다. 달포가 지나도록 그 아가씨는 나타나지 않았다. 날씨는 다시 풀어져 연당에 눈이 녹고 단풍나무 가지에 걸린 까마귀의 시체도 해부하기 알맞게 녹았지만 그 아가씨는 나타나지 않았다.

* * *

그녀는 죽고 까마귀는 여전히 울고 있다

하루는, 다시 추워져 싸락눈이 사륵사륵 길에 떨어져 구르는 날 오후이다. 그는 어느 잡지사에 들어가 곤작(困作, 애써 가며 더디 지은 글) 한 편을 팔아가지고 약간의 식료를 사 들고 다 나온 길인데 개울 건너 넓은 마당에는 두어 대의 검은 자동차와 함께 금빛 영구차 한 대가 놓여 있는 것이다.

그는 가슴이 섬뜩하였다. 별장 쪽을 올려다보니 전나무 꼭대기에서는 진작부터 서너 마리의 까마귀가 이 광경을 내려다보며 쭈그리고 앉아 있었다.

'그 여자가 죽은 거나 아닌가?'

영구차 안에는 이미 검은 포장에 덮인 관이 실려 있었다. 둘러섰는 동네 사람 속에서 정자지기가 나타나더니 가까이 와 일러주었다.

"우리 정자루 늘 오던 색시가 갔답니다."

"……."

그는 고요히 영구차를 향하여 모자를 벗었다.

"저 뒤에 자동차에 지금 오르는 사람이 그 색시 하구 정혼했던 남자랩니다."

그는 잠자코 그 대학 도서실에 다니며 학위 얻을 연구를 한다는 청년을 바라보았다. 그 청년은 자동차 안에 들어앉아 이내 하얀 손수건을 내어 얼굴에 대었다. 그러자 자동차들은 영구차가 앞을 서며 고요히 굴러 떠나갔다. 눈은 함박눈이 되면서 펑펑 쏟아지기 시작하였다. 그 자동차들이 굴러간 자리도 얼마 안 있어 덮어버리고 말았다.

까마귀들은 이날 저녁에도 별다른 소리는 없이 그저 까악까악거리다가 이따금씩 까르르 하고 그 'GA' 아래 'R'이 한없이 붙은 발음을 내곤 하였다.

이야기 따라잡기

괴벽한 문체로 인해 인기 없는 가난한 작가인 '그'는 궁여지책으로 친구의 별장에 방 하나를 빌려 겨울을 보내게 된다. 별장에서의 생활이 너무나 고요해 옛사람들의 얼굴을 그려보고 있는데 까마귀 소리가 들린다. 그 소리를 들은 그는 까마귀를 불길한 징조로 여기기보다는 적막한 시골에서 좋은 친구가 생긴 것으로 여긴다.

그러던 어느 날 별장 정원을 산책하는 한 여인을 보게 된다. 그녀는 폐병에 걸려 요양차 내려온 환자다. 그의 방 문에 있던 명함을 보고 그가 작가임을 알아본 그녀는 자주 그를 찾아온다. 둘은 죽음에 대해 이야기한다.

까마귀의 울음소리를 듣고 그가 까마귀는 자신의 친구라고 말하자 그녀는 까마귀가 자신이 죽어야 할 시기를 알리러 온 것 같아 두렵다고 말한다. 그는 그녀를 안쓰럽게 생각하게 되고, 그녀를 위해 애인이 되어주리라 결심한다. 그러나 그녀에게는 그녀가 쏟은 각혈까지 마시며 열렬한 사랑을 보여주는 애인이 있었다.

그녀는 까마귀 뱃속에 칼과 부적이 들어 있는 꿈을 꾸고 매우 두렵다고 말한다. 그는 그녀의 두려움을 조금이라도 줄여주기 위해 까마귀가 다른 새들과 다르지 않음을 보여주기로 결심한다. 그는 까마귀 한 마리를 잡아 보관하면서, 그녀가 오면 해부하여 칼과 부적이 들어 있지 않음을 증명하려 한다. 그러나 그녀는 나타나지 않는다.

   그러던 어느 날 그는 잡지사에 갔다 오는 길에 영구차를 보게 된다. 정자지기가 와서 그녀의 장례식이 열리는 것이고, 그 뒤에 서 있는 남자가 그녀의 정혼자라고 말한다. 그날 저녁도 여전히 까마귀는 울고 있었다.

 **쉽게 읽고 이해하기**

인간의 근원적 고독과 죽음

「까마귀」는 1936년 『조광』에 발표된 단편소설이다. '그'는 괴벽한 문체 때문에 인기 없는 작가로 방세를 낼 돈도 없는 궁핍한 생활을 하고 있다. 난방비가 없어 겨울을 보낼 길이 막막해지자, 친구의 별장에서 지내게 된다. 친구의 별장은 한없이 고요하고 한적하다. 유일하게 들리는 소리는 까마귀 울음소리뿐이다. 그는 까마귀를 벗 삼아 외로움을 달랜다. 우리의 정서에서 까치가 '길조'로 여겨진다면, 까마귀는 '흉조'로서 죽음을 의미한다. 그러나 그는 그런 것에 신경 쓰지 않고 오히려 친구가 될 수 있는 무언가가 있다는 것에 만족해한다.

그러던 어느 날 친구의 별장 정원을 산책하는 여자를 만나게 되고, 둘은 급속도로 친해진다. 그녀는 폐병으로 인해 다가올 자신의 죽음에 대해 환상과 두려움이라는 양가적 감정을 가지고 있다. 처음에는 죽음에 대해 자신을 돌아볼 수 있는 기회를 제공하고, 감사할 수 있는 마음을 주는 아름다운 것이었으나, 죽음이 다가올수록 두려워지기 시작한다.

그녀에게 까마귀는 자신의 죽음을 알리는 상징물이자 죽음에 대한 두려움을 극대화시키는 존재이다. 즉 까마귀는 고독한 그에게는 외로움을 달랠 수 있는 친구이지만, 죽음을 앞둔 그녀에게는 죽음이 근접했음을 알리는 신호이다.

  사람들은 그녀에게 말을 하지 않지만 그녀는 자신이 죽을 것이라는 사실을 알고 있다. 그리고 이러한 사실로 인해 그녀는 사람들로부터 소외감을 느낀다. 사람들이 배려하는 행동이지만 오히려 그녀에게는 고독을 느끼게 만드는 것이다. 전염병이 옮을 수 있는 각혈을 마시는 정혼자가 있지만, 그녀의 고독은 사라지지 않는다. 정혼자 역시 그녀를 위로해주지만 그는 일상생활 속에서 그녀와는 다른 삶을 살고 있다. 이러한 그녀의 고독은 '죽음'이 가까울수록 더 깊어진다.

  반면 그는 그녀를 만나 고독을 극복하는 듯 보인다. 까마귀의 울음소리를 들으며 고독을 달래던 그는 자신을 찾아오는 그녀를 통해, 그리고 그녀를 위로해준다는 생각에 고독을 잊고 행복해한다. 그녀를 위해 친구였던 까마귀를 죽여 그녀의 고통을 줄여주려고 한다. 그러나 까마귀를 해부하기도 전에 그녀는 죽는다. 그는 결국 까마귀도 잃고 그녀도 잃어 혼자 남게 된다. 이 소설은 '죽음'과 '까마귀'의 이미지를 통해 인간은 근원적으로 고독한 존재일 수밖에 없다는 것을 묘사하고 있다.

에드가 앨런 포의 시 「갈까마귀」의 영향

「까마귀」를 비교문학의 시각으로 읽어보자. 비교문학은 어떤 영향력이 작품 속으로 들어왔는지를 알고자 하는 문학 연구의 한 분야이다. '인간의 근원적 고독과 죽음'을 사유하는 이 작품은 자칫 관념적으로 보일 수 있다. 그런데 에드가 앨런 포의 시를 알고 나서 이 소설을 읽으면 관념의 베일이 완전히 걷히게 된다.

「까마귀」에는 외국 작가나 사상가의 이름들이 거론되어 있다. '예술가는 빵 한 근보다 꽃 한 송이를 꺾는다'고 말한 '루날'(쥘 르나르, 프랑스의 소설가이자 극작가), '사람에게서도 풀내가 나야 한다'고 말한 소로(헨리 데이비드 소로, 미국의 사상가이자 문학가)는 소설 속의 '그'가 가진 예술과 인간에 대한 가치관을 간결하게 보여준다.

한편 에드가 앨런 포(1809~1849)의 시「레이번」("The Raven", 갈까마귀, 1845년작)은「까마귀」의 중심 서사에 깊이 관여한다.「레이번」과「까마귀」의 인물 설정, 까마귀의 등장, 기괴한 분위기 등은 대단히 유사하다. 포의 시「레이번」은 약 100행의 긴 이야기시이고, 애인인 레노어를 잃고 슬픔에 빠진 시적 화자가 어느 날 밤 나타난 갈까마귀와 대화를 나누는 내용을 시적으로 형상화하고 있다. 기괴하고 환상적인 분위기 속에서 시적 화자는 갈까마귀를 악마로 인식한다.

시적 화자는 소설에서 '그', 애인 레노어는 소설에서 '그녀', 레노어의 죽음은 '그녀'의 죽음, 갈까마귀는 까마귀로 동일시되어 있다. 실제로 포는 부인이 폐병으로 죽은 후 방황하였다는 기록이 있는데, 이 사실은 소설 속 '그녀'가 폐병으로 죽는 것과 일치한다. 이처럼「까마귀」는 포의 절대적 영향력 아래에 있다. 작가가 포의 시에서 모티프를 얻어 소설로 장르 전환을 시도한 것이라 볼 수 있겠다.

「복덕방」(『조광』, 1937. 3)은

복덕방에서 소일하며 지내는

세 노인의 이야기를 다룬 단편소설로,

가족과 사회로부터 소외된 구세대에 대한

안타까움과 물질만능주의적 태도를 가진

신세대를 비판한 작품이다.

복덕방

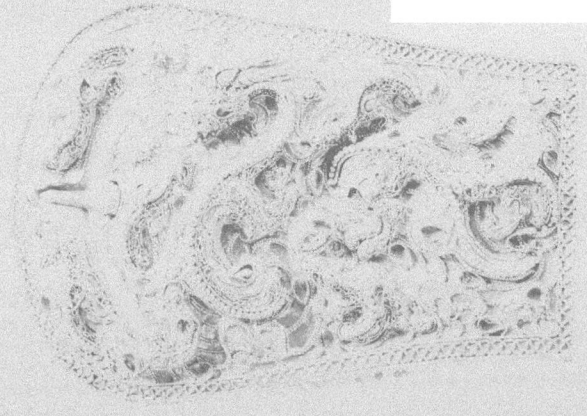

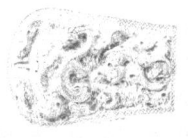

'재물이란 친자간의 의리도
배추 밑 도리듯 하는 건가.'

등장인물

안초시 서참위의 복덕방에서 소일하는 노인. 부유했으나 지금은 딸이 주는 용돈으로 살아간다. 일확천금을 노리고 부동산에 투자했다 실패하여 결국 자살한다.

서참위 복덕방의 주인. 무인 출신이었으나 과거에 연연하지 않는다. 지금은 복덕방에서 버는 돈으로 아들의 학비를 대며 그럭저럭 생활한다.

박희완 서참위의 친구. 대서업 준비를 하지만 허가가 나지 않는다. 안초시에게 부동산에 투자하라고 설득한다.

안경화 안초시의 딸. 유명한 무용가이나 이해타산적이며 아버지에 대해 냉정하다. 자신의 명예 때문에 아버지의 자살을 감추려 한다.

복덕방(福德房)

안초시는 서참위의 복덕방에서 신세를 지며 생활한다

철썩, 앞집 판장(板牆, 널빤지로 대어 만든 울타리) 밑에서 물 내버리는 소리가 났다. 주먹구구에 골똘했던 안초시(初試, 초시는 과거의 첫 시험 또는 그 시험에 합격한 사람)에게는 놀랄 만한 폭음이었던지, 다리 부러진 돋보기 너머로, 똑(조금도 틀림없이) 멩이('모이'의 방언)를 쪼으려는 닭의 눈을 해가지고 수챗구멍을 내다본다. 뿌연 뜨물에 휩쓸려 나오는 것이 여러 가지다. 호박 꼭지, 계란 껍질, 거피(껍질을 벗김)해버린 녹두 껍질.

"녹두 빈자떡(빈대떡)을 부치는 게로군. 흥……."

한 오륙 년째 안초시는 말끝마다 '젠장……'이 아니면 '흥!' 하는 코웃음을 잘 붙이었다.

"추석이 벌써 낼모레지! 젠장……."

안초시는 저도 모르게 입맛을 다시었다. 기름내가 코에 풍기는 듯 대뜸 입안에 침이 흥건해지고 전에 괜찮게 지낼 때, 충치니 풍치니 하던 것은 거짓말이었던 것처럼 아래윗니가 송곳 끝같이 날카로워짐을 느끼었다.
　안초시는 그 날카로워진 이를 빈 입인 채 빠드득 소리가 나게 한번 물어보고 고개를 들었다.
　하늘은 천 리같이 트였는데 조각구름들이 여기저기 널리었다. 어떤 구름은 깨끗이 바래 말린 옥양목처럼 흰빛이 눈이 부시다. 안초시는 이내 자기의 때 묻은 적삼 생각이 났다. 소매를 내려다보는 그의 얼굴은 날래 들리지 않는다. 거기는 한 조박(조각)의 녹두 빈자나 한 잔의 약주로써 어쩌지 못할, 더 슬픔과 더 고적함이 품겨 있는 것 같았다.
　혹혹 소매 끝을 불어보고 손끝으로 튀겨보기도 하다가 목침을 세우고 눕고 말았다.
　"이사는 팔하고, 사오는 이십이라 천이 되지…… 가만…… 천이라? 사루 했으니 사천이라 사천 평…… 매 평에 아주 줄여 잡아 오 원씩만 하게 돼두 사 원 칠십오 전씩이 남으니, 그럼…… 사사는 십륙 일만 육천 원하구……."
　안초시가 다시 주먹구구를 거듭해서 얻어낸 총액이 일만 구천 원, 단 천 원만 들여도 일만 구천 원이 되리라는 셈속이니, 만 원만 들이면 그게 얼만가? 그는 벌떡 일어났다. 이마가 화끈해졌다. 도사렸던 무릎을 얼른 곧추세우고 뒤나 보려는 사람처럼 쪼그렸다. 마코(일제 강점기의 저급 담배)갑이 번연히 빈 것인 줄 알면서도 다시 집어다 눌러보았다. 주머니에는 단돈 십 전, 그도 안경다리를 고친다고 벌써 세 번쨈가 네 번째 딸에게서 사오십 전씩 얻어 가지고는 번번이 담뱃값으로 다 내어보내고 말던 최후의 십 전, 안초시는 주머니에 손을 넣어 그것을 집어내었다. 백통화(백동전) 한 푼을 얹은 야윈 손바닥, 가만히 떨리었다. 서참위(參尉, 대한제국 때 둔 무관 장교 계급의 하나)의 투박한 손을 생각하면 너무나 얇고 잔망스러운(보기에 몹시 약하고 행동이 경망한) 손이거니 하였다. 그러나 이따금 술잔을 얻어먹고, 이렇게 내 방처럼 그의 복덕방에서 잠까지 빌려 자건만 한번도, 집 거간(사고파는 사람 사이에서 흥정을 붙임)이나 해먹는 서참위의 생활이 부럽지는 않았다. 그래도 언제든지 한번쯤은 무슨 수가 생기어 다시 한번 내 집을 쓰게 되고, 내 밥을 먹게 되고, 내 힘과 내 낯으로 다시 한번 세상에 부딪쳐보려니 믿어졌다.

초시는 전에 어떤 관상쟁이의 '엄지손가락을 안으로 넣고 주먹을 쥐어야 재물이 나가지 않는다'는 말이 생각났다. 늘 그렇게 쥐노라고는 했지만 문득 생각이 나 내려다볼 때는, 으레 엄지손가락이 얄밉도록 밖으로 쥐어져 있었다. 그래 드팀전(온갖 피륙을 파는 가게)을 하다가도 실패를 하였고, 그래 집까지 잡혀서 장전(장롱·찬장 따위를 파는 가게)을 내었다가도 그만 화재를 보았거니 하는 것이다.

"이놈의 엄지손가락아, 안으로 좀 들어가아, 젠장."
하고 연습 삼아 엄지손가락을 먼저 안으로 넣고 아프도록 두 주먹을 꽉 쥐어보았다. 그리고 당장 내어보낼 돈이면서도 그 십 전짜리를 그렇게 쥔 주먹에 단단히 넣고 담배 가게로 나갔다.

그럭저럭 생활하는 서참위는 절박한 친구를 보며 위안을 삼는다

이 복덕방에는 흔히 세 늙은이가 모이었다.

언제 누가 와, 집 보러 가잘지 몰라, 늘 갓을 쓰고 앉아서 행길을 잘 내다보는, 얼굴 붉고 눈방울 큰 노인은 주인 서참위다. 참위로 다니다가 합병 후에는 다섯 해를 놀면서 시기를 엿보았으나 별수가 없을 것 같아서 이럭저럭 심심파적(심심풀이)으로 갖게 된 것이 이 가옥 중개업이었다. 처음에는 겨우 굶지 않을 만한 수입이었으나 대정(大正, 다이쇼. 일본 다이쇼 천황 시대(1912~1926)의 연호) 팔구 년(1919년~1920년) 이후로는 시골 부자들이 세금에 몰려, 혹은 자녀들의 교육을 위해 서울로만 몰려들고, 그런데다 돈은 흔해져서 관철동(貫鐵洞), 다옥정(茶屋町) 같은 중앙 지대에는 그리 고옥(지은 지 오래된 집)만 아니면 만 원대를 예사로 훌훌 넘었다. 그 판에 봄가을로 어떤 달에는 삼사백 원 수입이 있어, 그러기를 몇 해를 지나 가회동(嘉會洞)에 수십 간 집을 세웠고 또 몇 해 지나지 않아서는 창동(倉洞) 근처에 땅을 장만하기 시작하였다. 지금은 중개업자도 많이 늘었고 건양사(建陽社) 같은 큰 건축 회사가 생기어서 당자끼리 직접 팔고 사는 것이 원칙처럼 되어가기 때문에 중개료의 수입은 전보다 훨씬 준 셈이다. 그러나 이십여 간 집에 학생을 치고 싶은 대로 치기 때문에 서참위의 수입이 없는 달이라고 쌀값이 밀리거나 나뭇값에 졸릴 형편은 아니다.

"세상은 먹구 살게는 마련야……."

서참위가 흔히 하는 말이다. 칼을 차고 훈련원에 나서 병법을 익힐 때는, 한번 호령만 하고 보면 산천이라도 물러설 것 같던, 그 기개와, 오늘의 자기, 한낱 가쾌(家儈, 집 흥정을 붙이는 일을 직업으로 가진 사람)로 복덕방 영감으로 기생, 갈보 따위가 사글셋방 한 간을 얻어 달래도 예예 하고 따라나서야 하는, 만인의 심부름꾼인 것을 생각하면 서글픈 눈물이 아니 날 수도 없는 것이다. 워낙 술을 즐기기도 하지만 어떤 때는 남몰래 이런 감회를 이기지 못해서 술집에 들어선 적도 여러 번이다.

그러나 호반(虎班, 무인)들의 기개란 흔히 혈기에서 나오는 것이기 때문인지 몸에서 혈기가 줆을 따라 그런 감회를 일으킴조차 요즘은 적어지고 말았다. 하루는 집에서 점심을 먹다 듣노라니 무슨 장사치의 외는 소리인데 아무래도 귀에 익은 목청이다. 자세히 귀를 기울이니 점점 가까이 오는 소리인데 제법 무엇을 사라는 소리가 아니라 "유리병이나 간장통 팔거쏘!" 하는 소리이다. 그런데 그 목청이 보면 꼭 알 사람 같아, 일어서 마루 들창으로 내어다 보니 이번에는 "가마니나 신문 잡지나 팔거쏘!" 하면서 가마니 두어 개를 지고 한 손에는 저울을 들고 중노인이나 된 사나이가 지나가는데 아는 사람은 확실히 아는 사람이다. 그러나 그를 어디서 알았으며 성명이 무엇이며 애초에는 무엇을 하던 사람인지가 감감해지고 말았다.

"오오라! 그렇군…… 분명…… 저런!"

하고 그는 한참 만에 고개를 끄덕이었다. 그 유리병과 간장통을 외는 소리가 골목 안으로 사라져 갈 즈음에야 서참위는 그가 누구인 것을 깨달아 낸 것이다.

"동관(同官) 김참위…… 허!"

나이는 자기보다 훨씬 연소하였으나 학식과 재기가 있는 데다 호령 소리가 좋아 상관에게 늘 칭찬을 받던 청년 무관이었다. 이십여 년 뒤에 들어도 갈데없이 그 목청이요 그 모습이었다. 전날의 그를 생각하고 오늘의 그를 보니 적이 감개가 사무치어 밥숟가락을 멈추고 냉수만 거듭 마셨다.
 그러나 전에 혈기 있을 때와 달리 그런 기분이 오래가지는 않았다. 중학교 졸업반인 둘째 아들이 학교에 갔다 들어서는 것을 보고, 또 싸전(쌀 등 곡식을 파는 가게)에서 쌀값 받으러 와 마누라가 선선히 시퍼런 지전을 내어 세는 것을 볼 때, 서참위는 이내 속으로
 '거저 살아야지 별수 있나. 저렇게 개가죽을 쓰고 돌아다니는 친구도 있는데…… 에헴.'
하였을 뿐 아니라 그런 절박한 친구에다 대면 자기는 얼마나 훌륭한 지체냐 하는 자존심도 없지 않았다.
 '지난 일 그까짓 생각할 건 뭐 있나. 사는 날까지…… 허허.'

 서참위의 농지거리에 안초시는 뽀로통해진다

 여생을 웃으며 살 작정이었다. 그래 그런지 워낙 좀 실없는 티가 있는 데다 요즘 와서는 누구에게나 농지거리(점잖지 않게 마구하는 장난이나 농담)가 늘어갔다. 그래 늘 눈이 달리고 뽀로통한 입으로는 말끝마다 '젠장' 소리만 나오는 안초시와는 성미가 맞지 않았다.
 "쫌보(재주도 없고 졸망하게 생긴 사람을 낮잡아 이르는 말)야, 술 한잔 사주랴?"

쫌보라는 말이 자기를 업수이 여기는(업신여기는, 얕잡아보는) 것 같아서 안초시는 이내 발끈해가지고 "네깟 놈 술 더러워 안 먹는다" 한다.

"화투패나 밤낮 떼면 너이 어멈이 살아온다덴?"
하고 서참위가 발끝으로 화투장들을 밀어 던지면 그만 얼굴이 새빨개져서 쌔근쌔근하다가 부채면 부채, 담뱃갑이면 담뱃갑, 자기의 것을 냉큼 집어들고 안 올 듯이 새침해 나가버리는 것이다.

"조게 계집이문 천생 남의 첩 감이야."
하고 서참위는 껄껄 웃어버리나 안초시는 이렇게 돼서 올라가면 한 이틀씩 보이지 않았다.

한번은 안초시의 딸의 무용회날 밤이었다. 안경화(安京華)라고, 한동안 토월회(土月會, 1920년대 동경 유학생을 중심으로 조직된 신극 단체)에도 다니다가 대판(大阪, 일본 오사카)에 가 있느니 동경(東京)에 가 있느니 하더니 오륙 년 뒤에 무용가노라 이름을 날리며 서울에 나타났다. 바로 제1회 공연날 밤이었다. 서참위가 조르기도 했지만, 안초시도 딸의 사진과 이야기가 신문마다 나는 바람에 어깨가 으쓱해서 공표를 얻을 수 있는 대로 얻어 가지고 서참위뿐 아니라 여러 친구를 돌라줬던(얻어주었던) 것이다.

"허! 저기 한가운데서 지금 한창 다리짓하는 게 자네 딸인가?"
남은 다 멍멍히 앉았는데 서참위가 해괴한 것을 보는 듯, 마땅치 않은 어조로 물었다.

"무용이란 건 문명국일수록 벗구 한다네그려."
약기는 한 안초시는 미리 이런 대답으로 막았다.

"모르겠네 원…… 지금 총각 놈들은 모두 등신인가 바……."

"왜?"

하고 이번에는 다른 친구가 탄하였다(남의 말을 나무라며 시비하였다).

"우린 총각 시절에 저런 걸 보면 그냥 못 배기네."

"빌어먹을 녀석…… 나잇값을 못하구 개야 저건 개……."

벌써 안초시는 분통이 발끈거려서 나오는 소리였다.

한 가지가 끝나고 불이 환하게 켜졌을 때다.

"도루 차라리 여배우 노릇을 댕기라구 그래라. 여배운 그래두 저렇게 넓적다린 내놓구 덤비지 않더라."

"그 자식 오지랖 경치게(아주 심한 상태를 못마땅하게 여겨 이르는 말) 넓네. 네가 안방 건넌방이 몇 칸이요나 알었지 뭘 쥐뿔이나 안다구 그래? 보기 싫건 나가렴."

하고 안초시는 화를 발끈 내었다. 그러니까 서참위도 안방 건넌방 말에 화가 나서 꽤 높은 소리로,

"넌 또 뭘 아니? 요 쫌보야."

하고 일어서 버렸다.

이 일이 있은 후 안초시는 거의 달포나 서참위의 복덕방에 나오지 않았었다. 그런 걸 박희완(朴喜完) 영감이 가서 데리고 왔었다.

박희완 영감의 대서업 준비는 생각처럼 잘 되지 않는다

박희완 영감이란 세 영감 중 하나로 안초시처럼 이 복덕방에 와 자기까지는 안 하나 꽤 쏠쏠히(품질이나 수준 등이 웬만하여 괜찮거나 기대 이상임)

놀러오는 늙은이다. 아니, 놀러오기만 하는 것이 아니라 와서는 공부도 한다. 재판소에 다니는 조카가 있어 대서업(代書業, 남 대신 필요한 서류 작성을 해주고 보수를 받는 직업) 운동을 한다고 『속수국어독본(速修國語讀本)』을 노상 끼고 와서 그 『삼국지』 읽던 투로,

"긴상 도코에 이키마스카(キンさんどこへいきますか, 김선생 어디 가십니까)?"

어쩌고를 외우고 있는 것이다.

그러나 『속수국어독본』 뚜껑이 손때에 절고, 또 어떤 때는 목침 위에 받쳐 베고 낮잠도 자서 머리때까지 새까맣게 절어 '조선총독부 편찬'이란 잔글자들은 보이지 않게 되도록, 대서업 허가는 의연히 나오지 않는 모양이었다.

딸에게 짐 같은 존재가 된 안초시는 돈 벌 궁리를 한다

"너나 내나 다 산 것들이 업은 가져 뭘 허니. 무슨 세월에…… 흥!"
하고 어떤 때, 안초시는 한나절이나 화투패를 떼다 안 떨어지면 그 화풀이로 박희완 영감이 들고 중얼거리는 『속수국어독본』을 툭 채어 행길로 팽개치며 그랬다.

"넌 또 무슨 재술 바라구 밤낮 화토패나 떨어지길 바라니?"

"난 심심풀이지."

그러나 속으로는 박희완 영감보다 더 세상에 대한 야심이 끓었다. 딸이 평양으로 대구로 다니며 지방 순회까지 하여서 제법 돈냥이나 걷힌

것 같으나 연구소를 내느라고 집을 뜯어고친다, 유성기를 사들인다, 교제를 하러 돌아다닌다 하느라고, 더구나 귀찮게만 아는 이 애비를 위해 쓸 돈은 예산에부터 들지 못하는 모양이었다.

"얘! 낡은 솜이 돼 그런지, 삯바느질이 돼 그런지 바지 솜이 모두 치어서 어떤 덴 홑옷이야. 암만해두 샤쓸(셔츠를) 한 벌 사 입어야겠다."
하고 딸의 눈치만 보아오다 한번은 입을 열었더니,

"어련히 인제 사드릴라구요."
하고 딸은 대답은 선선하였으나 샤쓰는 그해 겨울이 다 지나도록 구경도 못하였다. 샤쓰는커녕 안경다리를 고치겠다고 돈 일 원만 달래도 일 원짜리를 굳이 바꿔다가 오십 전 한 닢만 주었다. 안경은 돈을 좀 주무르던 시절에 장만한 것이라 테만 오륙 원 먹은 것이어서 오십 전만으로 그런 다리는 어림도 없었다. 오십 전짜리 다리도 있지만 살 바에는 조촐한 것을 택하던 초시의 성미라 더구나 면상에서 짝짝이로 드러나는 것을 사기가 싫었다. 차라리 종이 노끈인 채 쓰기로 하고 오십 전은 담뱃값으로 나가고 말았다.

"왜 안경다린 안 고치셨어요?"
딸이 그날 저녁으로 물었다.

"흥......"
초시는 말을 하지 않았다. 딸은 며칠 뒤에 또 오십 전을 주었다. 그러면서 어떻게 들으라고 하는 소리인지,

"아버지 보험료만 해두 한 달에 삼 원 팔십 전씩 나가요."
하였다. 보험료나 타 먹게 어서 죽어달라는 소리로도 들리었다.

"그게 내게 상관있니?"

"아버지 위해 들었지, 누구 위해 들었게요 그럼?"

초시는 '정말 날 위해 하는 거문 살아서 한 푼이라두 다우. 죽은 뒤에 내가 알게 뭐냐' 소리가 나오는 것을 억지로 참았다.

"오십 전 이문 왜 안경다릴 못 고치세요?"

초시는 설명하지 않았다.

"지금 아버지가 좋구 낮은 것을 가리실 처지야요?"

그러나 오십 전은 또 마코 값으로 다 나갔다. 이러기를 아마 서너 번째다.

"자식도 소용없어. 더구나 딸자식…… 그저 내 수중에 돈이 있어야……."

초시는 돈의 긴요성을 날로날로 더욱 심각하게 느끼었다.

"돈만 가지면야 좀 좋은 세상인가!"

심심해서 운동 삼아 좀 나다녀보면 거리마다 짓느니 고층 건축들이요, 동네마다 느느니 그림 같은 문화주택들이다. 조금만 정신을 놓아도 물에서 가주(금방) 튀어나온 메기처럼 미끈미끈한 자동차가 등덜미에서 소리를 꽥 지른다. 돌아다보면 운전사는 눈을 부릅떴고 그 뒤에는 금시곗줄이 번쩍거리는 살진 중년 신사가 빙그레 웃고 앉았는 것이었다.

"예순이 낼모레…… 젠장할 것."

초시는 늙어가는 것이 원통하였다. 어떻게 해서나 더 늙기 전에 적게 돈 만 원이라도 붙들어가지고 내 손으로 다시 한번 이 세상과 교섭해 보고 싶었다. 지금 이 꼴로서야 문화주택이 암만 서기로 내게 무슨 상관이며 자동차, 비행기가 개미 떼나 파리 떼처럼 퍼지기로 나와 무슨 인연이 있는 것이냐. 세상과 자기와는 자기 손에서 돈이 떨어진, 그 즉시로 인연이 끊어진 것이라 생각되었다.

'그러면 송장이나 다름없지 뭔가?'

초시는 이런 질문을 자신에게 던진 지가 이미 오래였다.

'무슨 수가 없을까?'

또,

'무슨 그루터기가 있어야 비비지!'

그러다가도,

"그래도 돈냥이나 엎질러본 녀석이 벌기도 하는 게지."

하고, 그야말로 무슨 그루터기만 만나면 꼭 벌기는 할 자신이었다.

안초시의 설득에 안경화는 땅을 사기로 결심한다

그러다가 박희완 영감에게서 들은 말이었다. 관변에 있는 모 유력자를 통해 비밀리에 나온 말인데 황해 연안에 제2의 나진(羅津)이 생긴다는 말이었다. 지금은 관청에서만 알 뿐이나 축항용지(築港用地, 항구를 구축하기 위한 땅)는 비밀리에 매수되었으므로 불원하여 당국자로부터 공표가 있으리라는 것이다.

"그럼, 거기가 황무진가? 전답들인가?"

초시는 눈이 뻘개 물었다.

"밭이라데."

"밭? 그럼 매 평 얼마나 간다나?"

"좀 올랐대. 관청에서 사는 바람에 아무리 시굴 사람들이기루 그만 눈치 없겠나. 그래두 무슨 일루 관청서 사는진 모르거든……."

"그래?"

"그래, 그리 오르진 않았대…… 아마 평당 이십오륙 전씩이면 살 수 있다나 보데. 그러니 화중지병(畫中之餠, 그림의 떡)이지 뭘 허나 우리가……."

"음!"

초시는 관자놀이가 욱신거리었다. 정말이기만 하면 한 시각이라도 먼저 덤비는 놈이 더 먹는 판이다. 나진도 오륙 전 하던 땅이 한번 개항된다는 소문이 나자 당년으로 오륙 전의 백 배 이상이 올랐고 삼사 년 뒤에는, 땅 나름이지만 어떤 요지(要地)는 천 배 이상이 오른 데가 많다.

"다 산 나이에 오래 끌 건 뭐 있나. 당년으로 넘겨두 최소한도 오 원씩야 무려할(염려 없을) 테지……."

혼자 생각한 초시는,

"대관절 어디란 말야 거기가?"

하고 나앉으며 물었다.

"그걸 낸들 아나?"

"그럼?"

"그 모씨라는 이만 알지. 그러게 날더러 단 만 원이라도 자본을 운동하면 자기는 거기서도 어디어디가 요지라는 걸 설계도를 복사해낸 사람이니까, 그 요지만 산단 말이지. 그리구 많이두 바라진 않어. 비용 죄다 제치구 순이익의 이 할만 달라는 거야."

"그럴 테지…… 누가 그런 자국을 일러주구 구경만 하자겠나…… 이 할이라…… 이 할…….."

초시는 생각할수록 이것이 훌륭한, 그 무슨 그루터기가 될 것 같았다. 나진의 선례도 있거니와 박희완 영감 말이 만주국이 되는 바람에 중국과의 관계가 미묘해지므로 황해 연안에도 으레 나진과 같은 사명을 갖는 큰 항구가 필요할 것은 우리 상식으로도 추측할 바이라 하였다. 초시의 상식에도 그것을 믿을 수 있었다.

오늘은 오래간만에 피죤(일제 강점기의 고급 담배)을 사서, 거기서 아주 한 대를 피워 물고 들어왔다. 어째 박희완 영감이 종일 보이지 않았다. 다른 데로 자금 운동을 다니나 보다 하였다. 서참위는 점심 전에 나간 사람이 어디서 흥정이 한자리 떨어지느라고인지 아직 돌아오지 않는다. 안초시는 미닫이틀 위에서 다 낡은 화투를 꺼내었다.

"허, 이거 봐라!"

여간해선 잘 떨어지지 않던 거북패가 단번에 똑 떨어진다. 누가 옆에 좀 보아줬으면 싶었다.

"아무래두 이게 심상치 않어…… 이제 재수가 티나 부다."

초시는 반도 타지 않은 담배를 행길로 내어던졌다. 출출하던 판에 담배만 몇 대를 피우고 나니 목이 컬컬해진다. 앞집 수채에는 뜨물이 떠내려가다 막힌 녹두 껍질이 그저 누렇게 보인다.

"오냐, 내년 추석엔……."

초시는 이날 저녁에 박희완 영감에게서 들은 이야기를 딸에게 하였다. 실패는 했을지라도 그래도 십수 년을 상업계에서 논 안초시라 출자

(出資)를 권유하는 수작만은 딸이 듣기에도 딴사람인 듯 놀라웠다. 딸은 즉석에서는 가부(可否, 옳고 그름)를 말하지 않았으나 그의 머릿속에서도 이내 잊혀지지는 않았던지 다음날 아침에는, 딸 편이 먼저 이 이야기를 다시 꺼내었고, 초시가 박희완 영감에게 묻던 이상으로 지지콜콜(시시콜콜)이 캐어물었다. 그러면 초시는 또 박희완 영감 이상으로 손가락으로 가리키듯 소상히 설명하였고, 일 년 안에 청장(淸帳, 빚 따위를 깨끗이 갚음)을 하더라도 최소한도로 오십 배 이상의 순이익이 날 것이라고 장담하였다.

딸은 솔깃했다. 사흘 안에 연구소 집을 어느 신탁회사에 넣고 삼천 원을 돌리기로 하였다. 초시는 금시발복(어떤 일을 한 뒤에 이내 복이 닥침)이나 된 듯 뛰고 싶게 기뻤다.

"서참위 이놈, 날 은근히 멸시했것다. 내 굳이 널 시켜 네 집보다 난 집을 살 테다. 네깐 놈이 천생 가쾌지 별거냐……."

그러나 신탁회사에서 돈이 되는 날은 웬 처음 보는 청년 하나가 초시의 앞을 가리며 나타났다. 그는 딸의 청년이었다. 딸은 아버지의 손에 단 일 전도 넣지 않고 꼭 그 청년이 나서 돈을 쓰며 처리하게 하였다. 처음에는 팩 나오는 노염을 참을 수가 없었으나 며칠 밤을 지내고 나니, 적어도 삼천 원의 순이익이 오륙만 원은 될 것이라, 만 원 하나야 어디로 가랴 하는 타협이 생기어서 안초시는 으슬으슬 그, 이를테면 사위 녀석 격인 청년의 뒤를 따라나섰다.

사기 당한 것을 알게 된 안초시는 인생이 허무해짐을 느낀다

일년이 지났다.

모두 꿈이었다. 꿈이라도 너무 악한 꿈이었다. 삼천 원어치 땅을 사놓고 날마다 신문을 훑어보며 수소문을 하여도 거기는 축항이 된단 말이 신문에도, 소문에도 나지 않았다. 용당포(龍塘浦)와 다사도(多獅島)에는 땅값이 삼십 배가 올랐느니 오십 배가 올랐느니 하고 졸부들이 생겼다는 소문이 있어도 여기는 감감소식일 뿐 아니라 나중에, 역시, 이것도 박희완 영감을 통해서 알고 보니 그 관변 모씨에게 박희완 영감부터 속아 떨어진 것이었다. 축항 후보지로 측량까지 하기는 하였으나 무슨 결점으로인지 중지되고 마는 바람에 너무 기민하게 거기다 땅을 샀던, 그 모씨가 그 땅 처치에 곤란하여 꾸민 연극이었다.

돈을 쓸 때는 일 원짜리 한 장 만져도 못 봤지만 벼락은 초시에게 떨어졌다. 서너 끼씩 굶어도 밥 먹을 정신이 나지도 않았거니와 밥을 먹으러 들어갈 수도 없었다.

'재물이란 친자간의 의리도 배추 밑 도리듯 하는 건가.'

탄식할 뿐이었다. 밥보다는 술과 담배가 그리웠다. 물론 안경다리는 그저 못 고치었다. 그러나 이제는 오십 전짜리는커녕 단 십 전짜리도 얻어볼 길이 없다.

추석 가까운 날씨는 해마다의 그때와 같이 맑았다. 하늘은 천 리같이 트였는데 조각구름들이 여기저기 널리었다. 어떤 구름은 깨끗이 바래 말린 옥양목처럼 흰빛이 눈이 부시다. 안초시는 이번에도 자기의 때 묻은 적삼 생각이 났다. 그러나 이번에는 소매 끝을 불거나 떨지는 않았다. 고요히 흘러내리는 눈물을 그 더러운 소매로 닦았을 뿐이다.

안초시가 자살하자 딸 안경화는 자신의 명예를 걱정한다

　여름이 극성스럽게 덥더니, 추위도 그럴 징조인지 예년보다 무서리(늦가을에 처음 내리는 묽은 서리)가 일찍 내렸다. 서참위가 늘 지나다니는 식은(식산은행) 관사에들 울타리가 넘게 피었던 코스모스들이 끓는 물에 데쳐낸 것처럼 시커멓게 무르녹고 말았다.
　참위는 머리가 띵하였다. 요즘 와서 울기 잘하는 안초시를 한번 위로해주려, 엊저녁에는 데리고 나와 청요릿집으로, 추탕(추어탕) 집으로 새로 두 점을 치도록 돌아다닌 때문 같았다. 조반이라고 몇 술 뜨기는 했으나 해도 그냥 뻑뻑하다. 안초시도 그럴 것이니까 해는 벌써 오정 때지만 끌고 나와 해장술이나 먹으리라 부지런히 내려와 보니, 웬일인지 복덕방이라고 쓴 베 발이 아직 내걸리지 않았다.
　"이 사람 봐아…… 어느 땐 줄 알구 코만 고누……."
　그러나 코 고는 소리는 들리지 않았다. 미닫이를 밀어 젖힌 서참위는 정신이 번쩍 났다. 안 초시의 입에는 피, 얼굴은 잿빛이었다. 방 안은 움 속처럼 음습한 바람이 휭 끼친다.
　"아니……?"
　참위는 우선 미닫이를 닫고 눈을 비비고 초시를 들여다보았다. 안초시는 벌써 아니요, 안초시의 시체일 뿐, 둘러보니 무슨 약병인 듯한 것 하나가 굴러져 있었다.

참위는 한참만에야 이 일이 슬픈 일인 것을 깨달았다.

"허……."

파출소로 갈까 하다 그래도 자식한테 먼저 알려야겠다 하고 말만 듣던 그 안경화무용연구소를 찾아가서 안경화를 데리고 왔다. 딸이 한참 울고 난 뒤다.

"관청에 어서 알려야지"?

"아니야요, 아스세요(그러지 마세요)."

딸은 펄쩍 뛰었다.

"아스라니?"

"저……."

"저라니?"

"제 명예도 좀……."

하고 그는 애원하였다.

"명예? 안 될 말이지. 명옐 생각하는 사람이 애빌 저 모양으루 세상 떠나게 해?"

"……."

안경화는 엎드려 다시 울었다. 그러다가 나가려는 서참위의 다리를 끌어안고 놓지 않았다. 그리고,

"절 살려주세요."

소리를 몇 번이나 거듭하였다.

"그럼, 비밀은 내가 지킬 테니 나 하자는 대루 할까?"

"네."

서참위는 다시 앉았다.

"부친 위해 보험 든 거 있지?"

"네, 간이보험이야요."

"무슨 보험이던…… 얼마나 타게 되누?"

"사백팔십 원요."

"부친 위해 들었으니 부친 위해 다 써야지?"

"그럼요."

"에헴, 그럼…… 돌아간 이가 늘 속사쓸 입구퍼 했어. 상등(높은 등급. 고급) 털사쓰를 사다 입히구, 그 우에 진견(질 놓은 비단)으로 수의 일습 구색 맞춰 짓게 허구…… 선산이 있나, 묻힐 데가?"

"웬걸요, 없어요."

"그럼 공동묘지라도 특등지루 널찍하게 사구…… 장례식을 장하게 해야 말이지 초라하게 해버리면 내가 그저 안 있을 게야. 알아들어?"

"네에."

하고 안경화는 그제야 핸드백을 열고 눈물 젖은 얼굴을 닦았다.

 안초시의 영결식에 참석한 서참위와 박희완 영감은 답답하다.

 안초시의 소위 영결식(永訣式)이 그 딸의 연구소 마당에서 열렸다.

 서참위와 박희완 영감은 술이 거나하게 취해갔다. 박희완 영감이 무얼 잡혀서 가져왔다는 부의(賻儀) 이 원을 서참위가,

 "장례비가 넉넉하니 자네 돈 그 계집애 줄 거 없네."

하고 우선 술집에 들러 거나하게 곱빼기들을 한 것이다.

영결식장에는 제법 반반한 조객들이 모여들었다. 예복을 차리고 온 사람도 두엇 있었다. 모두 고인을 알아 온 것이 아니요, 무용가 안경화를 보아 온 사람들 같았다. 그중에는 고인의 슬픔을 알아 우는 사람인지, 덩달아 기분으로 우는 사람인지 울음을 삼키느라고 끅끅 하는 사람도 있었다. 안경화도 제법 눈이 젖어가지고 신식 상복이라나 공단 같은 새까만 양복으로 관 앞에 나와 향불을 놓고 절하였다. 그 뒤를 따라 한 이십 명 관 앞에 와 꾸벅거리었다. 그리고 무어라고 지껄이고 나가는 사람도 있었다.

그들의 분향이 거의 끝난 듯하였을 때,

"에헴!"

하고 얼굴이 시뻘건 서참위도 한마디 없을 수 없다는 듯이 나섰다. 향을 한 움큼이나 집어놓아 연기가 시커멓게 올려 솟더니 불이 일어났다. 후후 불어 불을 끄고, 수염을 한 번 쓰다듬고 절을 했다. 그리고 다시,

"헴……."

하더니 조사(弔辭, 죽은 사람을 슬퍼하여 하는 말 또는 글)를 하였다.

"나 서참윌세, 알겠나? 흥…… 자네 참 호살세 호사야…… 잘 죽었느니. 자네 살았으문 이런 호살 해보겠나? 인전 안경다리 고칠 걱정두 없구…… 아무튼지……."

하는데 박희완 영감이 들어서더니,

"이 사람 취했네그려."

하며 서참위를 밀어냈다.

박희완 영감도 가슴이 답답하였다. 분향을 하고 무슨 소리를 한마디

했으면 속이 후련히 트일 것 같아서 잠깐 멈칫하고 서 있어 보았으나,

"으흐흑……."

하고 울음이 먼저 터져 그만 나오고 말았다.

　서참위와 박희완 영감도 묘지까지 나갈 작정이었으나 거기 모인 사람들이 하나도 마음에 들지 않아 도로 술집으로 내려오고 말았다.

 ## 이야기 따라잡기

　세 노인은 복덕방에서 무료하게 소일을 하며 지낸다.
　안초시는 한때 부유했으나 사업 실패로 서참위의 복덕방에서 신세를 지며 생활한다. 서참위는 한때 무관으로 관직에 있었으나 현재는 복덕방을 차려 남들에게 굽신거리지만, 중학교 졸업반인 아들의 학비를 대며 경제적으로는 그럭저럭 살고 있다. 박희완 영감은 서참위의 친구로 재판소에 다니는 조카를 빌미로 대서업을 한다고 일본어 공부를 하고 있지만 가망은 거의 없다.
　유명한 무용가인 딸 경화는 아버지인 안초시를 짐처럼 여긴다. 계절이 바뀌어도 옷 한 벌 사주지 않으며, 50전 이상의 돈은 주지 않는다. 아버지 안초시는 이러한 딸에게 서운함을 느낀다.
　어느 날 재기를 꿈꾸던 안초시에게 박희완 영감이 부동산 투자 정보를 알려준다. 안초시는 딸을 설득하여 투자를 하게 하지만, 경화는 아버지인 안초시를 배제하고 결혼할 사람을 보내 부동산에 투자한다. 그러나 그 정보가 사기임이 밝혀지고 안초시는 자살한다.
　서참위는 안초시가 자살한 사실을 경화에게 알리고, 경화는 안초시의 자살이 자신의 명예에 누가 될 것을 우려하여 서참위에게 비밀로 해달라고 애원한다. 서참위는 비밀을 지키는 대신 장례식을 성대하게 치르라고 한다. 장례식에 참석한 서참위와 박희완 영감은 경화와 조문객들의 위선적인 모습에 가슴이 답답함을 느낀다.

 **쉽게 읽고 이해하기**

구세대의 공간 '복덕방'

「복덕방」은 1937년 3월 『조광』에 발표된 이태준의 단편소설이다. 1930년대 일제 식민지 치하를 시대적 배경으로 한 이 소설은 복덕방에 모여 소일하는 세 노인을 그리고 있다. 복덕방은 세 노인이 한가하고 평화롭게 남은 인생을 즐기는 공간이라기보다는 화투패를 뒤집으며 자신의 미래를 점치는 공간, 자식을 위해 학비를 벌어야 하는 공간, 그리고 부유했던 시절의 모습으로 돌아가기를 꿈꾸는 공간이다. 세 노인은 구세대를 대변하는 공간인 복덕방에서 더 나은 공간으로 가기 위해 노력하지만 결국 실패와 좌절을 겪고 유일하게 자신들을 받아주는 공간인 복덕방으로 돌아온다. 즉 시대의 변화에 적응하지 못하고 소외된 노인들은 복덕방에서 그들의 소소한 일상을 보낸다.

반면, 일본 유학을 다녀온 성공한 현대무용가로 돈도 제법 번 안초시의 딸 안경화는 자신의 출세를 위해 연구소를 세우고, 끊임없이 근대화된 것들을 모으는 신세대이다. 신세대 인물인 안경화의 공간은 연구소,

학교, 연극 무대 등 과거부터 이어져온 공간이 아니라 신문물로서 받아들인 공간, 근대화된 공간으로 나타난다.

안경화가 공연한 무대와 더불어 박영감이 말한 축항부지도 근대화된 공간이며 신세대의 공간이다. 구세대는 그곳에서 근대화에 적응하기 위해 노력하지만 결국 적응하지 못하고 복덕방으로 돌아온다. 가족보다는 자신을 중시하는 이기주의적 가치관을 가진 안경화에게 아버지 안초시는 공경하고 극진히 모셔야 할 대상이라기보다는 낡고 쓸데없어져 버린 구세대의 산물이다. 결국 가족으로부터 소외되고, 사회로부터 소외된 구세대 안초시는 복덕방에서 자살을 한다. 자신밖에 모르는 이기적인 신세대와 그로 인해 초라해져 버린 구세대의 모습을 통해 당시 사회상을 비판하고 있는 것이다.

1930년대 근대화를 바라보는 시선

급격한 산업화, 근대화가 진행되던 1930년대를 바라보는 구세대와 신세대의 시각은 서로 다르다. 노인들에게 근대화는 우스꽝스러우며 한심한 것이고, 신세대인 딸이 보기에 근대화를 따라가지 못하고 자식에게 용돈이나 얻어 쓰는 아버지는 짐 같은 존재이다.

근대화에 적응하지 못하는 구세대는 과거의 부활을 꿈꾼다. 그러나 그들이 할 수 있는 것은 복덕방에 모여 화투패로 미래를 점치거나 일본어 독본책으로 공부하면서 되지도 않을 사업을 꿈꿀 수밖에 없다. 반면 신세대인 안경화는 근대화에 적응은 했으나 물질만능주의와 사람에 대한 신뢰를 잃어버린다. 가족이라고 해도 믿을 수 없으며, 물질적 손해를 줄 때에는 불필요한 존재이자, 오히려 해가 되는 존재로 인식한다. 혈연적 관계보다는 계약적 관계, 필요에 의한 관계만 신뢰할 수 있다. 자신의 이익을 위해서라면 모르는 사람을 위해서도 울 수 있는 세대이다. 자신만 중시한 나머지 계절 지난 아버지의 옷이나 망가진 안경 따위는 안중에도 없다. 아버지를 위해 쓰는 돈은 아버지가 죽은 뒤에 자신이 받게 될 보험금뿐이다.

 소설에서 서술자는 과거의 부를 다시 얻기 위해 노력하는 안초시를 안쓰럽게 바라본다면, 자신의 출세를 위해 계산적이 된 안경화는 냉정한 시선으로 바라본다. 즉 이 소설은 식민지 시대에 몰락해가는 구세대에 대한 애환을 동정 어리게 그리면서, 동시에 세대간 대립의 원인을 신세대의 태도(물질만능주의)로 보고, 이를 통해 물질적 가치를 중시하는 자본주의 사회를 비판하고 있다.

「패강랭」(『삼천리』, 1938)은

일제 강점기에 점점 사라져가는

전통문화에 대한 아쉬움과

서글픔에 대해 그린 단편소설로,

시대의 흐름에 따라 변해가는

기회주의적 태도를 비판하고 있다.

패강랭

"아닌 게 아니라
 자네들 이제부턴 실속 채려야 하네."

등장인물

현　소설가. '박'을 방문하러 평양에 갔다가 옛 모습들이 사라지는 것을 보고 안타까워한다. 시대의 변화에 따르라는 '김'의 말에 예술가로서 자존심이 상한다.

김　평양 부회의원이자 실업가. 친일행위로 출세한 인물로 현실의 변화에 순응하며 살아간다. 실속을 중시하는 인물이다.

박　조선어와 한문 교사. 일본의 식민지 정책으로 인해 조선어의 입지가 줄어들자 고민한다.

패강랭(浿江冷)

현은 조선의 자연이 슬퍼 보인다

다락에는 제일강산(第一江山)이라, 부벽루(浮碧樓)라, 빛 낡은 편액(扁額, 그림이나 글을 써 걸어놓는 액자)들이 걸려 있을 뿐, 새 한 마리 앉아 있지 않았다. 고요한 그 속을 들어서기가 그림이나 찢는 것 같아 현(玄)은 축대 아래로만 어정거리며 다락을 우러러본다. 질퍽하게 굵은 기둥들, 힘 내닫는 대로 밀어 던진 첨차(檐遮, 처마 끝의 무게를 받치기 위해 대놓은 나무쪽이 세 겹 이상인 집에 있는 꾸밈새)와 촛가지의 깎음새들, 이조(李朝)의 문물다운 우직한 순정이 군데군데서 구수하게 풍겨 나온다.

다락에 비겨 대동강은 너무나 차다. 물이 아니라 유리 같은 것이 부벽루에서도 한 뼘처럼 들여다보인다. 푸르기는 하면서도 마름(수초)의 포기포기 흐늘거리는 것, 조약돌 사이사이가 미꾸리라도 한 마리 엎디었기만 하면 숨쉬는 것까지 보일 듯싶다. 물은 흐르나 소리도 없다. 수도국 다리를 빠져, 청류벽(淸流壁)을 돌아서는 비단필이 훨쩍 펼쳐진 듯 질

편하게 깔려나갔는데, 하늘과 물은 함께 저녁놀에 물들어 아득한 장미꽃밭으로 사라져 버렸다. 연광정(練光亭) 앞으로부터 까뭇까뭇 널려 있는 매생이(노로 젓게 되있는 작은 배)와 수상선(물윗배)들, 하나도 움직여 보이지 않는다. 끝없는 대동벌에 점점이 놓인 구릉들과 함께 자못 유구한 맛이 난다.

현은 피우던 담배를 내어던지고 저고리 단추를 여미었다. 단풍은 이제부터 익기 시작하나 날씨는 어느덧 손이 시리다.

'조선 자연은 왜 이다지 슬퍼 보일까?'

현은 부여에 가서 낙화암(落花巖)이며 백마강(白馬江)의 호젓함을 바라보던 생각이 난다.

현은 박을 위로하기 위해 10여 년 만에 평양을 간다

현은 평양이 십여 년 만이다. 소설에서 평양 장면을 쓰게 될 때마다, 이번에는 좀 새로 가보고 써야, 스케치를 해 와야, 하고 벼르기만 했지, 한번도 그래서 와보지는 못하였다. 소설을 위해서뿐 아니라 친구들도 가끔 놀러오라는 편지가 있었다. 학창 때 사귄 벗들로, 이곳 부회의원이요 실업가인 김(金)도 있고, 어느 고등보통학교에서 조선어와 한문을 가르치는 박(朴)도 있건만, 그들의 편지에 한번도 용기를 내어본 적은 없었다. 이번에 받은 박의 편지는 놀러오라는 말이 있던 편지보다 오히려 현의 마음을 끌었다. "내 시간이 반이 없어진 것은 자네도 짐작할 걸세. 편안하긴 허이. 그러나 전임으론 나가주고 시간으로나 다녀주기를 바라는 눈칠세. 나머지 시간이라야 그리 오래 지탱돼 나갈 학과 같지는 않네. 그것마저 없어지는 날 나도 그때 아주 손을 씻어버리려 아직은 찌싯찌싯 붙어 있네." 하는 사연을 읽고는 갑자기 박을 가 만나주고 싶었다. 만나야만 할 말이 있는 것은 아니지만 손이라도 한번 잡아주고 싶어 전보만 한 장 치고 훌쩍 떠나 내려온 것이다.

정거장에 나온 박은 수염도 깎은 지 오래여 터부룩한 데다 버릇처럼 자주 찡그려지는 비웃는 웃음은 전에 못 보던 표정이었다. 그 다니는 학교에서만 찌싯찌싯 붙어 있는 것이 아니라 이 시대 전체에서 긴치 않게 여기는, 찌싯찌싯 붙어 있는 존재 같았다. 현은 박의 그런 찌싯찌싯함에서 선뜻 자기를 느끼고 또 자기의 작품들을 느끼고 그만 더 울고 싶게 괴로워졌다.

한참이나 붙들고 섰던 손목을 놓고, 그들은 우선 대합실로 들어왔다. 할 말은 많은 듯하면서도 지껄여보고 싶은 말은 골라낼 수가 없었다. 이내 다시 일어나 현은,

"나 좀 혼자 걸어보구 싶네."

하였다. 그래서 박은 저녁에 김을 만나 가지고 대동강가에 있는 동일관(東一館)이란 요정으로 나오기로 하고 현만이 모란봉으로 온 것이다.

평양이 변한 것에 서글픔을 느낀다

오면서 자동차에서 시가도 가끔 내다보았다. 전에 본 기억이 없는 새 빌딩들이 꽤 많이 늘어섰다. 그중에 한 가지 인상이 깊은 것은 어느 큰

거리 한 뿌다귀(뿌다구니. 쑥 내밀어 구부러지거나 꺾여져 돌아간 자리)에 벽돌 공장도 아닐 테요 감옥도 아닐 터인데 시뻘건 벽돌만으로, 무슨 큰 분묘(墳墓)와 같이 된 건축이 웅크리고 있는 것이다. 현은 운전사에게 물어보니, 경찰서라고 했다.

또 한 가지 이상하다 생각한 것은, 그림자도 찾을 수 없는, 여자들의 머릿수건이다. 운전사에게 물으니 그는 없어진 이유는 말하지 않고,

"거, 잘 없어졌죠. 인전 평양두 서울과 별루 지지 않습니다."

하는 매우 자긍하는 말투였다.

현은 평양 여자들의 머릿수건이 보기 좋았다. 단순하면서도 흰 호접(나비)과 같이 살아 보였고, 장미처럼 자연스런 무게로 한 송이 얹힌 댕기는, 그들의 악센트 명랑한 사투리와 함께 '피양내인'들만이 가질 수 있는 독특한 아름다움이었다. 그런 아름다움을 그 고장에 와서도 구경하지 못하는 것은, 평양은 또 한 가지 의미에서 폐허라는 서글픔을 주는 것이었다.

박을 위로하기 위해 세 친구가 모인다

현은 을밀대(乙密臺)로 올라갈까 하다 비행장을 경계함인 듯, 총에 창을 꽂아든, 병정이 섰는 것을 발견하고는 그냥 강가로 내려오고 말았다. 마침 놀잇배 하나가 빈 채로 내려오는 것을 불렀다. 주암산까지 올라갔다가 내려오자니까 거기는 비행장이 가까워 못 올라가게 한다고 한다. 그럼 노를 젓지는 말고 흐르는 대로 동일관까지 가기로 하고 배를 탔다.

나뭇잎처럼 물 가는 대로만 떠가는 배는 낙조가 다 꺼져버리고 강물이 어두워서야 동일관에 닿았다.
　이 요릿집은 강물에 내민 바위를 의지하고 지어졌다. 뒷문에 배를 대고 풍악 소리 높은 밤 정자에 오르는 맛은, 비록 마음 어두운 현으로도 적이 흥취 도연해짐(감흥 따위가 북받침)을 아니 느낄 수 없다.
　'먹을 줄 모르는 술이나 이번엔 사양치 말고 받아 먹자! 박을 위로해 주자!'
생각했다.
　박은 김을 데리고 와 벌써 두 기생으로 더불어 자리를 잡고 있었다. 김의 면도 자리 푸른 살진 볼과 기생들의 가벼운 옷자락을 보니 현은 기분이 다시 한번 개인다.
　"이 사람, 자네두 김군처럼 면도나 좀 허구 올 게지?"
　"허, 저런, 색시들 반허게!"
하고 박은 씩 웃는다.
　"그래 요즘 어떤가? 우리 김부회의원 나리?"
　"이 사람, 오래간만에 만나 히야카시(희롱. 조롱)부턴가?"
　"자넨 참 늙지 않네그려! 우리 서울서 재작년에 만났던가?"
　"그렇지 아마…… 내 그때 도시 시찰로 내지(외국이나 식민지에서 본국을 이르는 말. '일본'을 의미) 다녀오던 길이니까……."
　"참, 자넨 서평양인지 동평양인지서 땅 노름에 돈 좀 잡았다데그려?"
　"흥, 이 사람! 선비가 돈 말이 하관고?"
　"별수 있나? 먹어야 배부르데."

"먹게, 오늘 저녁엔 자네가 못 먹나 내가 못 먹나 한번 해보세."
"난 옆에서 경평대항전(서울과 평양의 대항전) 구경이나 헐까?"
"저이들은 응원하구요."
기생들도 박과 함께 말참례(말참견)를 시작한다.
"시굴 기생들 우숩지?"
"우숩다니? 기생엔 여기가 서울 아닌가. 금수강산 정기들이 다르네!"
기생들은 하나는 방긋 웃고, 하나는 새침한다. 방긋 웃는 기생을 보니, 현은 문득, 생각나는 기생이 하나 있다.
"여보게들?"
"그래."
"벌써 열두 해 됐네그려? 그때 나 왔을 때 저 능라도에 가 어죽 쒀 먹던 생각 안 나?"
"벌써 그렇게 됐나 참."
"그때 그 기생이 이름이 뭐드라? 자네들 생각 안 나나?"
"오, 그렇지!"
비스듬히 벽에 기대었던 김이 놀라 일어나더니,
"이거 정작 부를 기생은 안 불렀네그려!"
하고 손뼉을 친다.
"아니, 그 기생이 여태 있나?"
"살았지 그럼."
"기생 노릇을 여태 해?"
"암."

"오라!"

하고 박도 그제야 생각나는 듯이 무릎을 친다.

그때도 현이 서울서 내려와서 이 세 사람이 능라도에 어죽놀이를 차렸다. 한 기생이 특히 현을 따라, 그때만 해도 문학청년 기분이던 현은 영월의 손수건에 시를 써주고 둘이만 부벽루를 배경으로 하고 사진을 다 찍고 하였다.

"아니, 지금 나이 멫살일 텐데 아직 기생 노릇을 해? 난 생각은 나두 이름두 잊었네."

"그리게 이번엔 자네가 제발 좀 데리구 올라가게."

"누군데요?"

하고 기생들이 묻는다.

"참, 이름이 뭐드라?"

박도,

"이름은 나두 생각 안 나는걸⋯⋯."

하는데 보이가 온다.

"기생, 제일 오랜 기생, 제일 나이 많은 기생이 누구냐?"

보이는 멀뚱히 생각하더니 댄다.

"관옥인가요? 영월인가요?"

"오! 영월이다 영월이. 곧 불러라."

현은 적이 으쓱해진다. 상이 들어왔다. 술잔이 돌아간다.

현실주의적인 김과 과거지향적인 현은 싸우게 된다

"그간 술 좀 뱄나?"

박이 현에게 잔을 보내며 묻는다.

"웬걸…… 술이야 고학할 수 있던가, 어디……."

"망할 자식 가긍(불쌍하고 가엾음)허구나! 허긴 너이 따위들이 밤낮 글 써야 무슨 덕분에 술 차례가 가겠니! 오늘 내 신세지……."

"아닌 게 아니라……."

하고 김이 또 현에게 잔을 내어밀더니,

"현군도 인젠 방향 전환을 허게."

한다.

"방향 전환이라니?"

"거 누구? 뭐래던가 동경 가 글 쓰는 사람 있지?"

"있지."

"그 사람 선견이 있는 사람야!"

하고 김은 감탄한다.

"이 자식아, 잔이나 받아라. 듣기 싫다."

하고 현은 김의 잔을 부리나케 마시고 돌려보낸다.

박이 다 눈두덩을 내려쓸도록 모두 얼근해진 뒤에야 영월이가 들어섰다. 흰 저고리 옥색 치마, 머리도 가르마만 약간 옆으로 탔을 뿐, 시체(時體, 그 시대의 풍습·유행을 따름) 기생들처럼 물들이거나 지지거나 하지 않았다. 미닫이 밑에 사뿐 앉더니 좌석을 휙 둘러본다. 김과 박은 어쩌나 보느라고 아무 말도 않고 영월과 현의 태도만 번갈아 살핀다. 영월의 눈은 현에게서 무심히 스쳐 지나, 박을 넘어뛰어 김에게 머무르더니,

"영감, 오래간만이외다그려."

하고 쌩끗 웃는다.

"허! 자네 눈두 인젠 무뎄네그려! 자넬 반가워할 사람은 내가 아냐."

"기생이 정말 속으로 반가운 손님헌텐 인살 안 한답니다."

하고 슬쩍 다시 박을 거쳐 현에게 눈을 옮긴다.

"과연 명기로군! 척척 받음수가……."

하고 김이 먼저 잔을 드니 영월은 선뜻 상머리에 나앉으며 술병을 든다.

웃은 지 오래나 눈 속은 그저 웃는 것이 옛 모습일 뿐, 눈시울에 거무스름하게 그림자가 깃들인 것이나 볼이 홀쭉 꺼진 것이나 입술이 까시시 메마른 것은 너무나 세월이 자국을 깊이 남기고 지나갔다.

"자네, 나 모르겠나?"

현이 담배를 끄며 묻는다.

"어서 잔이나 드시라우요."

잔을 드는 현과 눈이 마주치자 영월은 술이 넘는 것도 모르고 얼굴을 붉힌다.

"자네도 세상살이가 고단한걸세그려?"

"피차일반인가 봅니다. 언제 오셨나요?"

하고 현이 마시고 주는 잔에 가득히 붓는 대로 영월도 사양하지 않고 받아 마신다.

"전엔 하얀 나비 같은 수건을 썼더니……."

"참, 수건이 도루 쓰고퍼요."

"또 평양말을 더 또렷또렷하게 잘했었는데……."

"손님들이 요샌 서울말을 해야 좋아한답니다."

"그깟 놈들…… 그런데 박군? 어째 평양 와 수건 쓴 걸 볼 수 없나?"

"건 이 김부회의원 영감께 여쭤볼 문젤세. 이런 경세가(經世家)들이 금령(금지령)을 내렸다네."

"그렇다드군 참!"

"누가 아나 빌어먹을 자식들……."

"이 자식들아, 너이야말루 빌어먹을 자식들인 게…… 그까짓 수건 쓴 게 보기 좋을 건 뭐며 이 평양부내만 해두 일 년에 그 수건값허구 당기(댕기)값이 얼만지 알기나 허나들?"

하고 김이 당당히 허리를 펴고 나앉는다.

"백만 원이면? 문화 가치를 모르는 자식들……."

"그러니까 너이 글 쓰는 녀석들은 세상을 모르구 산단 말이야."

"주제넘은 자식…… 조선 여자들이 뭘 남용을 해? 예펜네들 모양 좀 내기루? 예펜넨 좀 고와야지."

"돈이 드는걸……."

"흥! 그래 집안에서 죽두룩 일해, 새끼 나 길러, 사내 뒤치개질해…… 그리구 일 년에 당기 한 감 사 매는 게 과하다? 아서라, 사내들 술값, 담뱃값은 얼만지 아나? 생활개선, 그래 예펜네들 수건값이나 당기값이나 졸여 먹구? 요 푼푼치 못한 경세가들아? 저인 남용할 것 다 허구……."

"망할 자식, 말버릇 좀 고쳐라…… 이 자식아, 술이란 실사회선 얼마나 필요한 건지 아니?"

"안다. 술만 필요허냐? 고유한 문환 필요치 않구? 돼지 같은 자식들…… 너이가 진줄 알 수 있니…… 허……."

"히또오 바카니 쓰루나 코노야로(人をばかにするな´このやろ, 사람 우습게 보지 마라, 이 자식아)……."

"너이 따윈 좀 바카니시데모 이이나(ばかにしてもいいな, 깔봐도 좋다)……."

"나니(なに, 뭐라구)?"

"나닌 다 뭐 말라빠진 거냐? 네 술 좀 먹기루 이 자식, 내 헐 말 못 헐 놈 아니다. 허긴 너헌테나 분풀이다만……."

하고 현은 트림을 한다.

"이 사람들 고걸 먹구 벌써 취했네그려."

박이 이쑤시개를 놓고 다시 잔을 현에게 내민다. 김은 잠자코 안주를 집는 체한다.

오래 해먹어서 손님들 기분에 눈치 빠른 영월은 보이를 부르더니 장구를 가져오게 하였다. 척 장구채를 뽑아 잡고 저쪽 손으로 먼저 장구 전두리(둥근 뚜껑 따위의 둘레의 가장자리)를 뚱땅 울려보더니,

"어-따 조오쿠나 이십-오-현 탄-야월……."

하고 불러내기 시작한다. 현은 물끄러미 영월의 핏줄 일어선 목을 건너다보며 조끼 단추를 끌렀다. 부들부들 떨리는 손으로 상머리를 뚜드려본다. 그러나 자기에겐 가락이 생기지 않는다.

"에-헹-에-헤이야-하 어-라 우겨-라 방아로구나……."

하고 받는 사람은 김뿐이다. 현은 더욱 가슴속에서만 끓는다. 이런 땐 소리라도 한마디 불러내었으면 얼마나 속이 시원하랴 싶어진다. 기생들도 다른 기생들은 잠잠히 앉아 영월의 입만 쳐다본다. 소리가 끝나자 박은,

"수고했네."

하고 영월에게 술 한 잔을 권하더니 가사를 하나 부르라 청한다. 영월은 사양치 않고 밀어놓았던 장구를 다시 당기어 안더니,

"일조-오-나앙군……."

불러낸다. 박은 입을 씻고 씻고 하더니 곡조는 서투르나 그래도 꽤 어울리게 이런 시 한 구를 읊어서 소리를 받는다.

"각하-안-산-진 수궁처…… 임-정-가고옥-역난위를……."

박은 눈물이 글썽해 후- 한숨으로 끝을 맺는다.

자리는 다시 찬비가 지나간 듯 호젓해진다. 김은 보이를 부르더니 유성기를 가져오라 했다. 재즈를 틀어놓더니 그제야 다른 두 기생은 저희 세상인 듯, 번차 김과 마주 잡고 댄스를 추는 것이다.

"영월이?"

영월은 잠자코 현의 곁으로 온다.

"난 자넬 또 만날 줄은 몰랐네, 반갑네."

"저 같은 걸 누가 데려가야죠?"

"눈이 너머 높은 게지?"

"네?"

유성기 소리에 잘 들리지 않는다.

"눈이 너머 높은 게야?"

"천만에…… 그간 많이 상허셨에요."

"응?"

"많이 상허셨에요."

"나?"

"네."

"자네가 그리워서……."

"말씀만이라두……."

"허!"

댄스가 한 곡조 끝났다. 김은 자리에 앉으며 현더러,

"기미모 오도레(きみもおどれ, 자네도 춤추게)."

한다.

"난 출 줄도 모르네. 기생을 불러놓고 딴스나 하는 친구들은 내 일찍부터 경멸하는 발세."

"자네처럼 마케오시미 쓰요이(まけおしみすよい, 고집이 센)한 사람두 없을 걸세. 못 추면 그냥 못 춘대지……."

"흥! 지기 싫어서가 아닐세. 끌어안구 궁댕잇짓이나 허구, 유행가 나부랭이나 비명을 허구, 그게 기생들이며 그게 놀 줄 아는 사람들인가? 아마 우리 영월인 딴슬 못할 걸세. 못하는 게 아니라 안 할 걸?"

"아이! 영월 언니가 딴슬 어떻게 잘하게요."

하고 다른 기생이 핼깃 쳐다보며 가로챈다.

"자네두 그래 딴슬 허나?"

"잘 못한답니다."

"글쎄, 잘허구 못허구 간에?"

"어쩝니까? 이런 손님 저런 손님 다 비윌 맞추자니까요."

"건 왜?"

"돈을 벌어야죠."

"건 그리 벌기만 해 뭘 허누?"

"기생일수룩 제 돈이 있어야겠습디다."

"어째?"

"생각해보시구려."

"모르겠는데? 돈 많은 사내헌테 가면 되지 않나?"

"돈 많은 사내가 변심 않구 나 하나만 데리구 사나요?"

"그럴까?"

"본처나 되면 아무리 남편이 오입을 해두 늙으면 돌아오겠지 하구 자식 낙이나 보면서 살지 않어요? 기생야 그 사람 하나만 바라고 갔는데 남자가 안 들어와 봐요? 뭘 바라고 삽니까? 그리게 살림 들어갔다 오래 사는 기생이 몇 되니까? 우리 기생은 제가 돈을 뫄서 돈 없는 사낼 얻는 게 제일이랍니다."

"야! 언즉시야(말인즉 옳음)라 거 반가운 소리구나!"

하고 박이 나앉는다. 그리고,

"난 한 푼 없는 놈이다. 직업두 인젠 벤벤치 못하다. 내 예펜네라야 늙어서 바가지두 긁지 않을 거구, 자네 돈 많으면 나하구 살세?"

하고 영월의 손을 끌어당긴다.

"이 사람, 영월인 현군 걸세."

"참, 돈 가진 기생이나 얻는 수밖에 없네 인젠……."

하고 현도 웃었다.

"아닌 게 아니라 자네들 이제부턴 실속 채려야 하네."

하고 김은 힐끗 현의 눈치를 본다.

"더러운 자식!"

"흥, 너이가 아무리 꼬장꼬장한 체해야……."

"뭐 이 자식……."

하더니 현은 술을 깨려고 마시던 사이다컵을 김에게 사이다째 던져버린다. 깨지고 튀고 하는 것은 유리컵만이 아니다. 기생들이 그리로 쏠린다. 보이들도 들어온다.

"이 자식? 되나 안 되나 우린 우린…… 이래봬두 우리……."

하고 현의 두리두리해진 눈엔 눈물이 핑— 어리고 만다.

"이런 데서 뭘…… 이 사람 취했네그려, 나가 바람 좀 쐬세."

하고 박이 부산한 자리에서 현을 이끌어낸다. 현은 담배를 하나 집으며 복도로 나왔다.

서리를 밟거든 그 뒤에 얼음이 올 것을 각오해야 한다

"이 사람아? 김군 말쯤 고지식하게 탄할 게 뭔가?"

"후……."

"그까짓 무슨 소용이야……."

"내가 취했나 보이…… 내가…… 김군이 미워 그러나? …… 자넨 들어가 보게……."

현은 한참 난간에 의지해 섰다가 슬리퍼를 신은 채 강가로 내려왔다. 강에는 배 하나 지나가지 않는다. 바람은 없으나 등골이 오싹해진다. 강가에 흩어진 나뭇잎들은 서릿발이 끼쳐 은종이처럼 번뜩인다. 번뜩이는 것을 찾아 하나씩 밟아본다.

"이상견빙지(履霜堅氷至)……."

『주역(周易)』에 있는 말이 생각났다. 서리를 밟거든 그 뒤에 얼음이 올 것을 각오하란 말이다. 현은 술이 확 깨인다. 저고리섶을 여미나 찬 기운은 품속에 사무친다. 담배를 피우려 하나 성냥이 없다.

"이상견빙지…… 이상견빙지……."

밤 강물은 시체와 같이 차고 고요하다.

이야기 따라잡기

  소설가인 현은 십여 년 만에 평양을 방문하게 된다. 학교에서 조선어를 가르치는 친구인 박에게 전임에서 시간강사로 전락할 것 같다는 편지를 받고 위로차 간 것이다. 현은 과거와 달라진 평양의 모습-경찰서가 들어서고, 머릿수건이 없어진 여인네들의 차림새-을 보며 사라져 가는 것에 대한 서글픔을 느낀다.

  반가운 마음으로 부회의원 김과 박을 만나 요정에서 놀다가 옛날에 함께 놀던 기생 영월이가 생각나 보이에게 불러오게 한다. 술을 마시다가 김이 현에게 방향 전환을 하라는 말을 하자 현은 예술가로서의 자존심이 상하게 된다. 현은 김에게 문화의 가치를 모른다고 화를 내고 둘은 싸우게 된다.

  가라앉은 분위기를 띄우기 위해 영월이가 노래를 부르고 나자 김은 유성기를 가져오라고 한다. 재즈를 틀어놓고 다른 두 기생과 김은 음악에 맞춰 춤을 추자 현은 기생을 불러놓고 춤을 추는 사람들을 경멸한다고 말한다. 현과 김은 싸우게 되고 이를 말리기 위해 박은 현을 데리고 밖으로 나온다. 현은 박을 들어가게 하고 강가로 내려온다. 서리를 밟거든 그 뒤에 얼음이 올 것을 각오하라는 이상견빙지라는 말이 생각난다.

쉽게 읽고 이해하기

지나간 것에 대한 아쉬움

'옛것'의 사라짐에 대한 아쉬움, 안타까움 등은 이태준 소설의 단골 소재이다. 「패강랭」은 1938년 『삼천리』에 발표된 작품으로 평양을 방문하여 느끼는 옛것에 대한 아쉬움과 시대의 흐름에 적응하며 사는 현실주의적 태도 사이의 갈등을 그리고 있다. 과거 평양의 모습을 기억하는 현은 10년 만에 찾은 평양이 그때의 모습과 많이 다른 것에 서글픔을 느낀다. 경찰서가 들어서고, 머릿수건이 없어진 것은 근대화 과정으로 전통적 문화가 사라지고 그 자리에 근대적 문명들이 들어서고 있는 것이다. 그래서 평양으로 향하던 현은 "그런 아름다움을 그 고장에 와서도 구경하지 못하는 것은, 평양은 또 한 가지 의미에서 폐허라는 서글픔을 주는 것이었다"고 말한다.

이러한 옛것, 우리 것에 대한 소중함, 사라져가는 전통 문화에 대한 안타까움은 기생 영월이와 만나는 모습에서도 찾아볼 수 있다. 영월이도 이제 나이가 들어 퇴물 취급을 받고 있듯 조선의 전통도 그렇게 점점 사라지고 있는 것이다. 또한 장구 장단에 맞춰 소리하는 기생 영월이와는 다르게 젊은 기생들은 재즈 선율에 맞춰 댄스를 추고 있다. 현이 젊은 기생을 찾지 않고 영월이를 찾는 것도 "유행가 나부랭이나 비명을 허구, 그게 기생들이며 그게 놀 줄 아는 사람들인가? 아마 우리 영월인 딴슬 못할 걸세. 못하는 게 아니라 안 할 걸"이란 말을 통해 알 수 있다. 영월이는 근대화적 상징물인 유행가나 댄스를 못하는 것이 아니라 안 하는, 전통적 문화의 산물이다. 즉 작가는 이 소설을 통해 옛것을 소중하게 여기는 것은 근대문물을 받아들이지 못하는 것이 아니라 우리 것을 지키기 위해 받아들이지 않는 것이라는 신념을 나타내고 있다.

이상견빙지

반면 출세하여 부회의원이 된 김은 과거에 얽매여 현실에 적응하지 못하는 현을 보며 친구로서 방향 전환을 하라고 충고한다. 김은 동경 가서 글 쓰는 사람들은 선견이 있는 사람들이라고 감탄하며 현이 시류에 영합하는 글을 쓰기를 원한다. 그러나 예술가인 현은 그 말에 자존심이 상한다. 시대의 흐름에 따라 방향을 바꾸는 것은 우리의 것을 잃어가는 것이요, 지식인으로서 하는 행동이 아니라고 생각하는 것이다. 그래서 현은 작가로서 조선어를 지키겠다는, 민족 문화를 지키겠다는 의지를 보여준다.

일제 강점기에 많은 지식인들이 자의에 의해서건, 타의에 의해서건 방향 전환을 할 수밖에 없었다. 이태준의 「해방 전후」나 채만식의 「민족의 죄인」에서 드러나듯이 일제의 감시와 압력에 의해 친일의 글을 쓰거나 강연을 하지 않으면 살아가기 힘든 시절이었다. 그러나 외부의 압력뿐만 아니라 내부에서도 그러한 생각들을 하기 시작했다. 김의 태도에서 볼 수 있듯 시류에 따라 행동해야 한다는 것, 방향을 전환하여 식민주의를 인정해야 한다는 것이다.

 그러나 현은 "이상견빙지(履霜堅氷至)" 즉, 서리를 밟거든 그 뒤에 얼음이 올 것을 각오하란 말을 통해 이러한 생각을 비판한다. 시대의 흐름은 또 다시 바뀌게 마련이다. 전통적인 것, 민족적인 문화를 지키는 '상고주의(尙古主義)'로 과거의 것을 통해 현재의 문제를 해결할 수 있다고 주장한다. 시대에 따라가는 것이 아니라 상고주의를 통해 시대를 이끌어야 하는 것이다. 식민지 정책에 의해 점점 지식인들이 설 자리가 없어지고, 전통 문화가 사라져가는 시대에 내부에서 스스로 전통을 지키는 것이 바로 지식인들이 해야 할 몫이라고 이 소설은 말하고 있다.

대부분의 가치 있는 것은 부딪쳐봐야 얻을 수 있다.
— 헨리 나우웬(네덜란드의 신학자, 1932~1996)

「돌다리」(『국민문학』, 1943)는

땅을 팔아서 병원을 확장하려는

아들과 땅을 하늘처럼 소중하게 여기며 사는

아버지의 갈등을 그린 단편소설로

정신적 가치의 중요성을 그린 작품이다

돌다리

"힘들이는 사람에겐 힘들이는 만큼
땅은 반드시 후헌 보답을 주시는 거다."

등장인물

창섭 의사. 의사의 오진으로 죽은 여동생의 한을 풀기 위해 의사가 된다. 병원을 확장하기 위해 고향 땅을 팔고자 한다.

창섭의 부 근면성실한 농부. 땅을 소중히 여기며 대대로 닦아온 터전을 중요하게 생각하여 마을의 길을 닦고 돌다리를 고친다.

돌다리

서울에서 의사로 성공한 창섭은 고향을 방문한다

정거장에서 샘말 십 리 길을 내려오노라면 반이 될락말락한 데서부터 샘말 동네보다는 그 건너편 산기슭에 놓인 공동묘지가 먼저 눈에 뜨인다. 창섭은 잠깐 걸음을 멈추고까지 바라보았다.

봄에 올 때 보면, 진달래가 불붙듯 피어 올라가는 야산이다. 지금은 단풍철도 지나고 누르테테한 가닥나무들만 묘지를 둘러, 듣지 않아도 적막한 버스럭 소리만 울릴 것 같았다. 어느 것이라고 집어낼 수는 없어도, 창옥의 무덤이 어디쯤이라고는 짐작이 된다. 창섭은 마음으로 '창옥아' 불러보며 묵례를 보냈다.

다만 오뉘뿐으로 나이가 훨씬 떨어진 누이였다. 지금도 눈에 선-하다. 자기가 마침 방학으로 와 있던 여름이었다. 창옥은 저녁 먹다 말고 갑자기 복통으로 뒹굴었다. 읍으로 뛰어 들어가 의사를 청해왔다. 의사는 주사를 놓고 들어갔다. 그러나 밤새도록 열은 내리지 않았고 새벽녘엔 아파하는 것도 더해 갔다. 다시 의사를 데리러 갔으나 의사는 바쁘다고 환자를 데려오라 하였다. 하라는 대로 환자를 데리고 들어갔으나 역시 오진(誤診)을 했다. 다시 하루를 지나 고름이 터지고 복막(腹膜)이 절망적으로 상해버린 뒤에야 겨우 맹장염인 것을 알아낸 눈치였다.

 그때 창섭은, 자기도 어른이기만 했으면 필시 의사의 멱살을 들었을 것이었다. 이런, 누이의 허무한 죽음에서 창섭은 뜻을 세워, 아버지가 권하는 고농(高農, 고등농업학교)을 마다하고 의전(醫專, 의학전문학교)으로 들어갔고, 오늘에 이르러는, 맹장 수술로는 서울서도 정평이 있는 한 권위가 된 것이다.

 '창옥아, 기뻐해다구. 이번에 내 병원이 좋은 건물을 만나 커지는 거다. 개인병원으론 제일 완비한(완벽하게 갖춘) 수술실이 실현될 거다! 입원실 부족도 해결될 거다. 네 사진을 크게 확대해 내 새 진찰실에 걸어노마……'

 창섭은 바람도 쌀쌀할 뿐 아니라, 오후 차로 돌아가야 할 길이라 걸음을 재우쳤다(빨리 몰아치거나 재촉했다).

 길은 그전보다 넓어도 졌고 바닥도 평탄하였다. 비나 오면 진흙에 헤어날 수 없었는데 복판으로는 자갈이 깔리고 어떤 목은 좁아서 소바리가 논으로 미끄러져 들어가기 십상이었는데 바위를 갈라내어서까지 일매지게(고르게 가지런하게) 넓은 길로 닦아졌다. 창섭은, '이럴 줄 알았드면 정거장에서 자전거라도 빌려 타고 올걸' 하였다.

 눈에 익은 정자나무 선 논이며 돌각담을 두른 밭들도 나타났다. 자기 집 논과 밭들이었다. 논둑에 선 정자나무는 그전부터 있은 것이나 밭에 돌각담들은 아버지께서 손수 쌓으신 것이다.

창섭의 아버지는 무너진 마을의 돌다리를 고치고 있다

창섭의 아버지는 근검으로 근방에 소문난 영감이다. 그러나 자기 대에 와서는 밭 하루갈이도 늘쿠지는('늘리다'의 방언) 못한 것으로도 소문난 영감이다. 곡식값보다는 다른 물가들이 높아졌을 뿐 아니라 전대(前代)에는 모르던 아들의 유학이란 것이 큰 부담인데다가,

"할아버지와 아버지께서 나를 부자 소린 못 들어도 굶는단 소린 안 듣고 살도록 물려주시구 가셨다. 드럭드럭 탐내 모아선 뭘 허니, 할아버지께서 쇠똥을 맨손으로 움켜다 넣시던 논, 아버지께서 멍덜(너덜. 돌이 많이 흩어져 있는 비탈)을 손수 이룩허신 밭을 더 건 논으로 더 기름진 밭이 되도록, 닦달만 해가기에도 내겐 벅찬 일일 게다."

하고, 절용해 쓰고 남는 돈이 있으면 그 돈으로는 품을 몇씩 들여서까지 비뚠 논배미를 바로잡기, 밭에 돌을 추려 바람맞이로 담을 두르기, 개울엔 둑막이하기, 그리다가 아들이 의사가 된 후로는, 아들 학비로 쓰던 몫까지 들여서 동네 길들은 물론, 읍길과 정거장 길까지 닦아놓았다. 남을 주면 땅을 버린다고 여간 근실한 자국이 아니면 소작을 주지 않았고, 소를 두 필이나 매고 일꾼을 세 명씩이나 두고 적지 않은 전답을 전부 자농(自農, 자작농)으로 버티어 왔다. 실속이 타작(打作)만 못하다는 둥, 일꾼 셋이 저희 농사해 가지고 나간다는 둥 이해만을 따져 비평하는 소리가 많았으나 창섭의 아버지는 땅을 위해서는 자기의 이해만으로 타산하

려 하지 않았다. 이와 같은 임자를 가진 땅들이라 곡식은 거둔 뒤, 그루만 남은 논과 밭이되, 그 바닥들의 고름, 그 언저리들의 바름, 흙의 부드러움이 마치 시루떡 모판이나 대하는 것처럼 누구의 눈에나 탐스럽게 흐뭇해 보였다.

이런 땅을 팔기에는, 아무리 수입은 몇 배 더 나은 병원을 늘쿠기 위해서나 아버지께 미안하지 않을 수 없었다. 그러나 잡히기나 해가지고는 삼만 원 돈을 만들 수가 없었고, 서울서 큰 양관(洋館, 서양식 건물)을 손에 넣기란 돈만 있다고도 아무 때나 될 일이 아니었다.

'아버지께선 내년이 환갑이시다! 어머니께선 겨울이면 해마다 기침이 도지신다. 진작부터 내가 모셔야 했을 거다. 그런데 내가 시굴로 올 순 없고, 천생 부모님이 서울로 가시어야 한다. 한동네서도 땅을 당신만치 못 거둘 사람에겐 소작을 주지 않으셨다. 땅 전부를 소작을 내어맡기고는 서울 가 편안히 계실 날이 하루도 없으실 게다. 아버님의 말년을 편안히 해드리기 위해서도 땅은 전부 없애버릴 필요가 있는 거다!'

창섭은 샘말에 들어서자 동구에서 이내 아버지를 뵈일 수가 있었다. 아버지는, 가에는 살얼음이 잡힌 찬물에 무릎까지 걷고 들어서서 동네 사람들을 축추겨 돌다리를 고치고 계시었다.

"어떻게 갑재기 오느냐?"

"네. 좀 급히 여쭤봐야 할 일이 생겼습니다."

"그래? 먼저 들어가 있거라."

동네 사람 수십 명이 쇠고삐 두 기장은 흘러내려간 다릿돌을 동아줄에 얽어 끌어올리고 있었다. 개울은 동네 복판을 흐르고 있어 아래위로 징검다리는 서너 군데나 놓였으나 하룻밤 비에도 일쑤 넘치어 모두 이 큰 돌다리로 통행하던 것이었다. 창섭은 어려서 아버지께 이 큰 돌다리의 내력을 들은 것이 아직도 기억에 남아 있다.

"너이 증조부님 돌아가시어서다. 산소에 상돌을 해오시는데 징검다리로야 건네올 수가 있니? 그래 너이 조부님께서 다리부터 이렇게 넓구 튼튼한 돌루 노신 거란다."

그후 오륙십 년 동안 한번도 무너진 적이 없었는데 몇 해 전 어느 장마엔 어찌된 셈인지 가운데 제일 큰 장이 내려앉아 떠내려갔던 것이다. 두께가 한 자는 실하고 폭이 여섯 자, 길이는 열 자가 넘는 자연석 그대로라 여간 몇 사람의 힘으로는 손을 댈 염두부터 나지 못하였다. 더구나 불과 수십 보 이내에 면(面)의 보조를 얻어 난간까지 달린 한다한 나무다리가 놓인 뒤에 일이라 이 돌다리는 동네 사람들에게 완전히 잊혀버린 채 던져져 있던 것이었다.

창섭은 병원 증축을 위해 땅을 팔자고 아버지께 권한다

집에 들어가니, 어머니는 다리 고치는 사람들 점심을 짓느라고, 역시 여러 명의 동네 여편네들과 허둥거리고 계시었다.

"웬일인데 어째 혼자만 오느냐?"

어머니는 손자 아이들부터 보이지 않음을 물으신다.

"오늘루 가야겠어서 아무두 안 다리구 왔습니다."

"오늘루 갈 걸 뭘 허 오누?"

"인전 어머니서껀(어머니와 함께. '서껀'은 '~와 함께'를 뜻함.) 서울로 모셔 갈 채빌 허러 왔다우."

"서울루! 제발 아이들허구 한데서 살아봤음 원이 없겠다."

하고 어머니는 땅보다, 조상님들 산소나 사당보다 손자 아이들에게 더 마음이 끌리시는 눈치였다. 그러나 아버지만은 그처럼 단순히 들떠질 마음이 아니었다.

아버지는 아들의 뒤를 좇아 이내 개울에서 들어왔다. 아들은, 의사인 아들은, 마치 환자에게 치료 방법을 이르듯이, 냉정히 차근차근히 이야기를 시작하였다. 외아들인 자기가 부모님을 진작 모시지 못한 것이 잘못인 것, 한집에 모이려면 자기가 병원을 버리기보다는 부모님이 농토를 버리시고 서울로 오시는 것이 순리인 것, 병원은 나날이 환자가 늘어가나 입원실이 부족되어 오는 환자의 삼분지 일밖에 수용 못하는 것, 지금 시국에 큰 건물을 새로 짓기란 거의 불가능의 일인 것, 마침 교통 편한 자리에 삼층 양옥이 하나 난 것, 인쇄소였던 집인데 전체가 콘크리트여서 방화 방공으로 가치가 충분한 것, 삼층은 살림집과 직공들의 합숙실로 꾸미었던 것이라 입원실로 변장하기에 용이한 것, 각층에 수도·가스가 다 들어온 것, 그러면서도 가격은 염한 것, 염하기는 하나 삼만 이천 원이라, 지금의 병원을 팔면 일만 오천 원쯤은 받겠지만 그것은 새 집을 고치는 데와, 수술실의 기계를 완비하는 데 다 들어갈 것이니 집값 삼만 이천 원은 따로 있어야 할 것, 시골에 땅을 둔대야 일 년에 고작 삼천 원의 실리가 떨어질지 말지 하지만 땅을 팔아다 병원만 확장해 놓으면 적어도 일 년에 만 원 하나씩은 이익을 뽑을 자신이 있는 것, 돈만 있으면 땅은 이담에라도, 서울 가까이라도 얼마든지 좋은 것으로 살 수 있는 것…… 아버지는 아들의 의견을 끝까지 잠잠히 들었다. 그리고,

"점심이나 먹어라. 나두 좀 생각해봐야 대답허겠다."

하고는 다시 개울로 나갔고, 떨어졌던 다릿돌을 올려놓고야 들어와 그도 점심상을 받았다.

창섭의 아버지는 아들에게 땅의 소중함에 대해 이야기한다

점심을 자시면서였다.

"원, 요즘 사람들은 힘두 줄었나 봐! 그 다리 첨 놀 제 내가 어려서 봤는데 불과 여남은 이서 거들던 돌인데 장정 수십 명이 한나잘을 씨름을 허다니!"

"나무다리가 있는데 건 왜 고치시나요?"

"너두 그런 소릴 허는구나. 나무가 돌만 허다든? 넌 그 다리서 고기 잡던 생각두 안 나니? 서울루 공부 갈 때 그 다리 건너서 떠나던 생각 안 나니? 시쳇사람들(요즘 사람들)은 모두 인정이란 게 사람헌테만 쓰는 건 줄 알드라! 내 할아버지 산소에 상돌을 그 다리로 건네다 모셨구, 내가 천잘 끼구 그 다리루 글 읽으러 댕겼다. 네 어미두 그 다리루 가말 타구 내 집에 왔어. 나 죽건 그 다리루 건네다 묻어라…… 난 서울 갈 생각 없다."

"네?"

"천금이 쏟아진대두 난 땅은 못 팔겠다. 내 아버님께서 손수 이룩허시

는 걸 내 눈으루 본 밭이구, 내 할아버님께서 손수 피땀을 흘려 모신 돈으루 작만(作萬)허신 논들이야. 돈 있다구 어디가 느르지논 같은 게 있구, 독시장밭 같은 걸 사? 느르지논둑에 선 느티나문 할아버님께서 심으신 거구, 저 사랑 마당엣 은행나무는 아버님께서 심으신 거다. 그 나무 밑에 설 때마다 난 그 어룬들 동상(銅像)이나 다름없이 경건한 마음이 솟아 우러러보군 헌다. 땅이란 걸 어떻게 일시 이해를 따져 사구 팔구 허느냐? 땅 없어봐라, 집이 어딨으며 나라가 어딨는 줄 아니? 땅이란 천지만물의 근거야. 돈 있다구 땅이 뭔지두 모르구 욕심만 내 문서쪽으로 사 모기만 하는 사람들, 돈놀이처럼 변리만 생각허구 제 조상들과 그 땅과 어떤 인연이란 건 도시 생각지 않구 헌신짝 버리듯 하는 사람들, 다 내 눈엔 괴이한 사람들루밖엔 뵈지 않드라."

"……."

"네가 뉘 덕으루 오늘 의사가 됐니? 내 덕인 줄만 아느냐? 내가 땅 없이 뭘루? 밭에 가 절하구 논에 가 절해야 쓴다. 자고로 하눌 하눌 허나 하눌의 덕이 땅을 통허지 않군 사람헌테 미치는 줄 아니? 땅을 파는 건 그게 하눌을 파나 다름없는 거다."

"……."

"땅을 밟구 다니니까 땅을 우섭게들 여기지? 땅처럼 응과(應果)가 분명헌 게 무어냐? 하눌은 차라리 못 믿을 때두 많다. 그러나 힘들이는 사람에겐 힘들이는 만큼 땅은 반드시 후헌 보답을 주시는 거다. 세상에 흔해 빠진 지주들, 땅은 작인들헌테나 맡겨버리구, 떡 도회지에 가 앉어 소출은 팔어다 모다 도회지에 낭비해 버리구, 땅 가꾸는 덴 단돈 일 원을 벌

벌 떨구, 땅으루 살며 땅에 야박한 놈은 자식으로 치면 후레자식 셈이야. 땅이 말을 할 줄 알어 봐라? 배가 고프단 땅이 얼마나 많을 테냐? 해마다 걷어만 가구 땅은 자갈밭이 되니 아나? 둑이 떠나가니 아나? 거름 한번을 제대로 넣나? 정 급허게 돼 작인이 우는 소리나 해야 요즘 너이 신의('한의'를 '구의'라 하는 것에 빗대어 '양의'를 이르는 말)들 주사침 놓듯, 애꾸진 금비(약품비료)만 갖다 털어넣지. 그렇게 땅을 홀댈 허군 인제 죽어서 땅이 무서서 어디루들 갈 텐구!"

창섭은 입이 얼어 버리었다. 손만 부비었다. 자기의 생각은 너무나 자기 본위였던 것을 대뜸 깨달았다. 땅에는 이해를 초월한 일종 종교적 신념을 가진 아버지에게 아들의 이단적인 계획이 용납될 리 만무였다. 아버지는 상을 물리고도 말을 계속하였다.

"너루선 어떤 수단을 쓰든지 병원부터 확장허려는 게 과히 엉뚱헌 욕심은 아닐 줄두 안다. 그러나 욕심을 부련 못쓰는 거다. 의술은 예로부터 인술(仁術, 사람을 살리는 어진 기술이라는 뜻)이라지 않니? 매살 순탄허게 진실허게 해라."

"……."

"네가 가업을 이어 나가지 않는다군 탄허지 않겠다. 넌 너루서 발전헐 길을 열었구, 그게 또 모리지배(謀利之輩, 모리배. 남은 생각지 않고 자신의 이익만을 꾀하는 사람)의 악업이 아니라 활인(活人, 사람 목숨을 구하여 살림)허는 인술이구나! 내가 어떻게 불평을 말허니? 다만 삼사 대 집안에서 공들여 이룩해논 전장을 남의 손에 내맡기게 되는 게 적이 애석헌 심사가 없달 순 없구……."

"팔지 않으면 그만 아닙니까?"

"나 죽은 뒤에 누가 거두니? 너두 이제두 말했지만 너무 문서쪽만 쥐구 서울 앉어 지주 노릇만 허게? 그따위 지주허구 작인 틈에서 땅들만 얼말 곯는지 아니? 안 된다. 팔 테다. 나 죽을 임시엔 다 팔 테다. 돈에 팔 줄 아니? 사람헌테 팔 테다. 건너 용문이는 우리 느르지논 같은 건 한 해만 부쳐보구 죽어두 농군으루 태났던 걸 한허지 않겠다구 했다. 독시장밭을 내논다구 해봐라, 문보나 덕길이 같은 사람은 길바닥에 나앉드라두 집을 팔아 살려구 덤빌 게다. 그런 사람들이 땅 임자 안 되구 누가 돼야 옳으냐? 그러니 아주 말이 난 김에 내 유언이다. 그런 사람들 무슨 돈으로 땅값을 한목 내겠니? 몇몇 해구 그 땅 소출을 팔아 연년이 갚어 나가게 헐 테니 너두 땅값을랑 그렇게 받어갈 줄 미리 알구 있거라. 그리구 네 모가 먼저 가면 내가 묻을 거구, 내가 먼저 가게 되면 네 모만은 네가 서울루 그때 데려가렴. 난 샘말서 이렇게 야인(野人)으로나 죄 없는 밥을 먹다 야인인 채 묻힐 걸 흡족히 여긴다."

"……."

"자식의 젊은 욕망을 들어 못 주는 게 애비 된 맘으루두 섭섭허다. 그러나 이 늙은이헌테두 그만 신념쯤 지켜오는 게 있다는 걸 무시하지 말어다구."

아버지는 다시 일어나 담배를 피우며 다리 고치는 데로 나갔다. 옆에 앉았던 어머니는 두 눈에 눈물을 쭈루루 흘리었다.

"너이 아버지가 여간 고집이시냐?"

"아뇨, 아버지가 어떤 어른이신 건 오늘 제가 더 잘 알었습니다. 우리

아버진 훌륭헌 인물이십니다."

그러나 창섭도 코허리가 찌르르 하였다. 자기가 계획하고 온 일이 실패한 것쯤은 차라리 당연하게 생각되었고, 아버지와 자기와의 세계가 격리되는 일종의 결별의 심사를 체험하는 때문이었다.

우리의 것을 늘 보살펴야 한다

아들은 아버지가 고쳐놓은 돌다리를 건너 저녁차를 타러 가버리었다. 동구 밖으로 사라지는 아들의 뒷모양을 지키고 섰을 때, 아버지의 마음도, 정말 임종에서 유언이나 하고 난 것처럼 외롭고 한편 불안스러운 심사조차 설레었다.

아버지는 종일 개울에서 허덕였으나 저녁에 잠도 달게 오지 않았다. 젊어서 서당에서 읽던 백낙천(白樂天)의 시가 다 생각이 났다. 늙은 제비 한 쌍을 두고 지은 노래였다. 제 뱃속이 고픈 것은 참아가며 입에 얻어 문 것은 새끼들부터 먹여 길렀으나, 새끼들은 자라서 나래에 힘을 얻자 어디로인지 저희 좋을 대로 다 날아가 버리어, 야위고 늙은 어버이 제비 한 쌍만 가을바람 소슬한 추녀 끝에 쭈그리고 앉았는 광경을 묘사하였고, 나중에는, 그 늙은 어버이 제비들을 가르쳐, 새끼들만 원망하지 말고, 너희들이 새끼 적에 역시 그러했음도 깨달으라는 풍자의 시였다.

'흥!'

노인은 어두운 천장을 향해 쓴웃음을 짓고 날이 밝기를 기다려 누구보다도 먼저 어제 고쳐놓은 돌다리를 보러 나왔다.

흙탕이라고는 어느 돌 틈에도 남아 있지 않았다. 첫곬(한쪽으로 트여 나가는 방향이나 길)으로도, 가운뎃곬으로도 끝엣곬으로도 맑기만 한 소담한 물살이 우쭐우쭐 춤추며 빠져 내려갔다. 가운뎃장으로 가 쾅 눌러보았다. 발바닥만 아플 뿐 끄떡이 있을 리 없다. 노인은 쭈르르 집으로 들어와 소금 접시와 낯수건을 가지고 나왔다. 제일 낮은 받침돌에 내려앉아 양치를 하고 세수를 하였다. 나중에는 다시 이가 저린 물을 한입 물어 마시며 일어섰다. 속에 모든 게 씻기는 듯 시원하였다. 그리고 수염에 물을 닦으며 이렇게 생각하였다.

'비가 아무리 쏟아져도 어떤 한정을 넘는 법은 없다. 물이 분수 없이 늘어 떠내려갔던 게 아니라 자갈이 밀려 내려와 물구멍이 좁아졌든지, 그렇지 않으면, 어느 받침돌의 밑이 물살에 궁굴러 쓰러졌던 그런 까닭일 게다. 미리 바닥을 치고 미리 받침돌만 제대로 보살펴준다면 만 년을 간들 무너질 리 없을 게다. 그저 늘 보살펴야 허는 거다. 사람이란 하눌 밑에 사는 날까진 하루라도 천리(天理)에 방심을 해선 안 되는 거다……'

이야기 따라잡기

　창섭에게는 맹장염에 걸렸으나 오진으로 치료받지 못하고 죽은 여동생이 있었다. 동생의 허무한 죽음이 한이 된 창섭은 농업학교에 진학하라는 아버지의 뜻을 거역하고 의학전문학교에 진학해 외과의사가 된다. 서울에서도 맹장수술로 권위 있는 창섭은 병원을 확장하려고 하지만 자금이 부족하다.

　고향에 있는 땅을 팔아 자금을 마련하고, 시골에서 농사를 지으며 살고 있는 늙은 부모님은 서울로 모셔와 함께 살아야겠다고 결심한 창섭은 이를 상의하기 위해 고향에 내려간다. 아버지는 모아놓은 돈으로 농사일을 하고, 마을의 길도 닦는 인물로 땅을 중요하게 여기고, 근검한 인물이다. 창섭이 찾아간 날에는 떠내려간 돌다리를 마을 사람들과 보수하고 있었다. 아들을 따라 잠시 집에 들렀던 아버지는 창섭의 계획을 듣고 잠시 시간을 달라며 밖으로 나간다.

　돌다리 공사를 마치고 돌아온 아버지는 창섭에게 땅을 팔 수 없다고 말한다. 조상들이 직접 심고 가꾼 나무, 밭, 논 덕분에 창섭이 의사가 될 수 있었고, 사람들이 살아갈 수 있는 것이다. 중요한 땅을 함부로 버리는 것은 하늘을 파는 것과 같다고 말하며 자신은 고향에서 죽을 것이며, 죽은 뒤에는 열심히 땅을 가꾸는 이웃 농부에게 팔 것을 유언한다. 창섭은 아버지의 뜻을 이해하고 돌아간다.

  서울로 올라가는 아들의 뒷모습을 보며 아버지는 외롭고 불편한 마음을 가지지만, 자신이 고친 돌다리에 올라가 가꾸고 보살피는 것이 중요함을 생각한다.

쉽게 읽고 이해하기

물질적 가치와 정신적 가치

「돌다리」는 1943년 『국민문학』에 발표된 단편소설이다. 땅을 팔아 병원을 확장하고자 하는 아들과 그 땅을 지키고자 하는 아버지의 갈등을 통해 '땅'에 대한 중요성을 강조한 작품이다.

이 소설은 신세대와 구세대의 갈등을 그리고 있다. 구세대는 사물(특히 땅) 속에 깃들어 있는 근원적인 힘, 즉 선조들의 혼과 정성을 소중히 여긴다. 우리의 것을 가꾸고 지키는 것은 시대의 풍파에 휩쓸리지 않고 어떠한 상황에서도 자신을 지킬 수 있는 힘을 준다. 물질 그 자체가 아니라 물질이 가지고 있는 정신적 가치를 중요시한다. 신세대는 구세대와 함께 편리한 문명의 이익을 누리고자 한다. 시골에서 힘들게 땅을 가꾸기보다는 '병원'을 확장하여 땅의 물질적 가치를 극대화하고자 한다.

신세대의 입장에서 '땅'을 파는 것은 신세대와 구세대가 공존할 수 있는 합리적인 행위이다. 그러나 구세대의 입장에서는 '땅' 덕분에 의사가 되고 먹고 살 수 있었던 것인데, 그런 땅을 버린다는 것은 '하늘'을 버리는 것과 다름없다. 자신의 이익을 위해 땅을 파는 것이 아니라 땅을 잘 가꿀 수 있는 사람에게 땅을 팔아야 한다. 신세대가 바라보는 물질적 가치는 겉에 보이는, 표면적인 것이다. 작가는 겉만 보고 판단하는 신세대의 물질적 가치를 비판하고 구세대처럼 정신적 가치를 보아야 한다고 지적한다.

돌다리의 역사적 의미

 돌다리 옆에는 이미 나무다리가 놓여 있다. 그럼에도 불구하고 창섭의 아버지는 돌다리를 고친다. '돌다리'는 끊어진 길을 연결해준다는 의미를 넘어서 과거 세대와 현재 세대를 연결하는 의미를 지닌다. 돌다리에는 내력이 있다. 증조부님 산소에 상들을 해가기 위해 조부님이 넓고 튼튼한 돌로 다리를 놓은 것이며, 창섭의 어머니가 그 다리로 가마를 타고 시집을 왔다. 창섭이 어린 시절에는 그 돌다리에서 고기를 잡았고, 서울로 공부하러 갈 때 그 다리를 건너기도 하였다. 즉 돌다리에는 가족의 역사가 고스란히 담겨 있는 것이다.
 이것은 과거의 것을 버리고 새 것을 받아들이는 것이 아니라 '온고지신(溫故知新)'의 정신으로 옛 것을 익히고 새 것을 받아들여야 한다는 것이다. 창섭이 병원을 증축하려는 뜻을 굽히고 아버지의 뜻을 받아들이는 것, 자신을 도와주지 않고 땅을 가꾸겠다는 아버지를 야속하게 생각하지 않고 오히려 훌륭한 인물로 평가하는 것은 옛 것을 수용하겠다는 의지로 볼 수 있다.

'돌다리'를 세우는 것은 이미 새 것(나무다리)이 있다 하더라도 옛 것(돌다리)을 소중히 여기고 그 의미를 되새겨 자신의 뿌리, 즉 근본을 잊지 않고 살아가겠다는 의미이다. 돌다리는 비가 아무리 쏟아져도 일정 선 이상 물이 넘치는 법이 없고, 받침돌만 제대로 보살펴주면 만 년을 간들 무너지지 않는다.

당신이 원하는 모습이 되기에 너무 늦은 때란 없다.
— 조지 엘리엇(영국의 여류소설가, 1819~1880)

「해방 전후」(『문학』, 1946. 8)는

해방 전후의 사회상을 그린 소설로

일제의 탄압과 지식인으로서의 양심과 고뇌,

그리고 해방 직후 혼란스러웠던 상황에서

사회주의 문학인으로서의 모습을 서술하고 있다.

해방 전후

"그래도 가만 있소.
우리가 오늘 갈리는 건 우리 문학인의 자살이오!"

등장인물

현 소설가. 일본에 협조하지는 않지만 적극적인 저항도 하지 않는 인물이다. 행동하지 않는 지식인들에 대해 회의를 느끼고 광복 이후 좌익 계열로 문학 활동을 한다.

김직원 봉건적 유생. 현과 뜻을 같이하나 광복 이후 현이 좌익 계열에 가담한 것에 불만을 가진다. 영친왕을 모셔야 한다고 주장하며 현실의 변화를 받아들이지 못하는 완고한 성격이다.

해방 전후

호출장을 받은 현은 불안해한다

호출장이란 것이 너무 자극적이어서 시달서라 이름을 바꾸었다고는 하나, 무슨 이름의 쪽지이든, 그 긴치 않은 심부름이란 듯이 파출소 순사가 거만하게 던지고 간, 본서(本署)에의 출두 명령은 한결같이 불쾌한 것이었다. 현(玄) 자신보다도 먼저 얼굴빛이 달라지는 안해(아내)에게는 의례 건으로 심상한 체하면서도 속으로는 정도 이상 불안스러워, 오라는 것이 내일 아침이지만 이 길로 가 진작 때이고 싶은 것이, 그래서 이 날은 아무 일도 손에 잡히지 않고, 밥맛이 없고, 설치는 밤잠에 꿈자리조차 뒤숭숭한 것이 소심한 편인 현으로는 '호출장' 때나 '시달서' 때나 마찬가지곤 했다.

현은 무슨 사상가도 주의자도, 무슨 전과자도 아니었다. 시골 청년들이 어떤 사건으로 잡히어서 가택 수색을 당할 때 그의 저서가 한두 가지 나온다든지, 편지 왕래한 것이 한두 장 불거진다든지, 서울 가서 누구를 만나보았느냐는 심문에 현의 이름이 끌려든다든지 해서, 청년들에게 제법 무슨 사상 지도나 하고 있지 않나 하는 혐의로 가끔 오너라 하기 시작한 것이 이젠 저들의 수첩에 준요시찰인(準要視察人) 정도로는 오른 모양인데 구금을 할 정도라면 당장 데려갈 것이지 호출장이니 시달서니가 아닐 것은 짐작하면서도 번번히 불안스러웠고, 더욱 이번에는 은근히 마음 쓰이는 것이 없지도 않았다. 일반지원병 제도와 학생특별지원병 제도 때문에 뜻 아닌 죽음이기보다, 뜻 아닌 살인, 살인이라도 내 민족에게 유일한 희망을 주고 있는 중국이나 영미나 소련의 우군(友軍)을 죽여야 하는, 그리고 내 몸이 죽되 원수 일본을 위하는 죽음이 되어야 하는, 이 모순된 번민으로 행여나 무슨 해결을 얻을까 해서 더듬고 더듬다가는 한낱 소설가인 현을 찾아와 준 청년도 한둘이 아니었다.

현은 하루 이틀 동안에 극도의 신경쇠약이 된 청년도 보았고 다녀간 지 한 주일 뒤에 자살하는 유서를 보내온 청년도 있었다. 이런 심각한 민족의 번민을 현은 제 몸만이 학병 자신이 아니라 해서 혼자 뒷날을 사려해가며 같은 불행한 형제로서의 울분을 절제할 수는 없었다. 때로는 전혀 초면들이라 저 사람이 내 속을 떠보려는 밀정(남몰래 사정을 살핌, 또는 그런 사람)이나 아닌가 의심하면서도, 그런 의심부터가 용서될 수 없다는 자책으로 현은 아무리 낯선 청년에게라도 일러주고 싶은 말은 한 마디도 굽히거나 남긴 적이 없는 흥분이곤 했다. 그들을 보내고 고요한 서재에서 아직도 상기된 얼굴은 그에 무슨 일을 저지르고 만 불안이었고 이왕 불안일 바엔, 이왕 저지르는 바엔 이 한 걸음 절박해오는 민족의 최후에 있어 좀 더 보람 있는 저지름을 하고 싶은 충동도 없지 않았으나 그 자신 아무런 준비도 없었고 너무나 오랫동안 굳어버린 성격의 껍데기는 여간 힘으로는 제 자신이 깨뜨리고 솟아날 수가 없었다. 그의 최근작인 어느 단편 끝에서,

 '한 사조(思潮)의 밑에 잠겨 사는 것도 한 물 밑에 사는 넋일 것이다. 상전벽해(桑田碧海, 뽕나무 밭이 변해 바다가 됨. 세상 일이 덧없이 바뀜을 의미)라 일러는 오나 모든 게 따로 대세의 운행이 있을 뿐 처음부터 자갈을 날라 메꾸듯 할 수는 없을 것이다."
라고 한 구절을 되뇌면서 자기를 헐값으로 규정해 버리는 쓴웃음을 지을 뿐이었다.

 "당신은 메칠 안 남았다고 하지만 특공댄지 정신댄지 고 악지(잘 안 될 일을 무리하게 해내려는 고집) 센 것들이 끝까지 일인일함(一人一艦, 가미가제 특공대를 가리킴)으로 뻗댄다면 아모리 물자 많은 미국이라고 일본 병정 수효만치야 군함을 만들 수 없을 거요. 일본이 망하기란 하늘에 별 따기 같은 걸 기다리나 보오!"

 현의 안해는 이날도 보송보송해(잠이 안 와 눈이 맑고 또렷해) 잠들지 못하는 남편더러 집을 팔고 시골로 가자 하였다. 시골 중에도 관청에서 동뜬 두메로 들어가 자농(自農)이라도 하면서 하루라도 마음 편하게 살다 죽자 하였다. 그런 생각은 안해가 꼬드기기 전에 현도 미리부터 궁리하던 것이다. 지금 외국으로는 나갈 수 없고 어디고 하늘 밑인 바에야 그야말로 민불견리(民不見吏) 야불구폐(夜不狗吠)의 요순(堯舜, 중국의 요임금과 순임금이 다스리던 태평성대를 이르는 말) 때 농촌이 어느 구석에 남아 있을 것인가? 그런 도원경(桃源境)이 없다 해서 언제까지나 서울서 견딜 수 있느냐

하면 그런 것도 아니요 소위 시국물(時局物)이나 일문(日文)에의 전향이라면 차라리 붓을 꺾어버리려는 현으로는 이미 생계에 꿀리는 지 오래며 앞으로 쳐다볼 것은 집밖에 없는데, 집을 건드릴 바에는 곶감 꼬치로 없애기보다 시골로 가 다만 몇 마지기라도 땅을 잡아야 한다는 것이 상책이긴 하다. 그러나 성격의 껍데기를 깨치기처럼 생활의 껍데기를 갈아 본다는 것도 그리 쉬운 일이 아니었다.

"좀 더 정세를 봅시다."

이것이 가족들에게 무능하다는 공격을 일 년이나 두고 받아오는 현의 태도였다.

소극적이던 현은 시국에 협조하라는 지시를 받는다

동대문서 고등계의 현의 담임인 쓰루다 형사는 과히 인상이 험한 사나이는 아니다. 저희 주임만 없으면 먼저 조선말로 '별일은 없습니다만 또 오시래 미안합니다' 쯤 인사도 하곤 하는데, 이날은 뒷박이마에 옴팡눈인 주임이 딱 뻗치고 앉아 있어 쓰루다까지도 현의 한참이나 수그리는 인사는 본 체 안하고 눈짓으로 옆에 놓은 의자만 가리키었다.

현의 모자가 아직 그들과 같은 국방모(國防帽) 아님을 민망히 주무르면서 단정히 앉았다. 형사는 무엇 쓰던 것을 한참만에야 끝내더니 요즘 무엇을 하느냐 물었다. 별로 하는 일이 없노라 하니 무엇을 할 작정이냐 따진다. 글쎄요 하고, 없는 정을 있는 듯이 웃어 보이니 그는 힐끗 저희 주임을 돌려보았다. 주임은 무엇인지 서류에 도장 찍기에 골똘해 있다.

형사는 그제야 무슨 뚜껑 있는 서류를 끄집어내어 뚜껑으로 가리고 저만 들여다보면서 이렇게 물었다.

"시국을 위해 왜 아무것도 안 하십니까?"

"나 같은 사람이 무슨 힘이 있습니까?"

"그러지 말구 뭘 좀 허십시오. 사실인즉 도 경찰부에서 현선생 같으신 몇 분에게, 시국에 협력하는 무슨 일 한 것이 있는가? 또 하면서 장차 어떤 방면으로 시국 협력에 가능성이 있는가? 생활비가 어디서 나오는가? 이런 걸 조사해 올리란 긴급 지시가 온 겁니다."

"글쎄올시다."

하고 현은 더욱 민망해 쓰루다의 얼굴만 쳐다보는 수밖에 없었다.

"그래두 뭘 하신다고 보고가 돼야 좋을 걸요. 그 허기 쉬운 창씨(創氏) 왜 안 허시나요?"

수속이 힘들어 못하는 줄로 딱해 하는 쓰루다에게 현은 이것에 관해서도 대답할 말이 없었다.

"우리 따위 하층 경관이야 뭘 알겠습니까만 인젠 누구 한 사람 방관적 태도는 용서되지 않을 겁니다."

"잘 보신 말씀입니다."

현은 우선 이번의 호출도 그 강압 관념에서 불안해하던 구금이 아닌 것만 다행히 알면서 우물쭈물하던 끝에

"그렇지 않아도 쉬 뭘 한 가지 해보려던 참입니다. 좋도록 보고해 주십시오."

하고 물러나왔고, 나오는 길로 그는 어느 출판사로 갔다. 그 출판사의

주문이기보다 그곳 주간(主幹)을 통해 나온 경무국의 지시라는, 그뿐만 아니라 문인 시국강연회에서 혼자 조선말로 했고 그나마 마지못해 춘향전 한 구절만 읽은 것이 군(軍)에서 말썽이 되니 이것으로라도 얼른 한 가지 성의를 보여야 좋으리라는 「대동아전기(大東亞戰記)」의 번역을 현은 더 망설이지 못하고 맡은 것이다.

심란한 남편의 심정을 동정해 안해는 어느 날보다도 정성 들여 깨끗이 치운 서재에 일본 신문의 기리누끼(오려내기. 신문 스크랩)를 한 뭉텅이 쏟아놓을 때, 현은 일찍 자기 서재에서 이처럼 지저분함을 느껴본 적이 없었다.

'철 알기 시작하면서부터 굴욕만으로 살아온 인생 사십, 사랑의 열락도 청춘의 영광도, 예술의 명예도 우리에겐 없었다. 일본의 패전기라면 몰라 일본에 유리한 전기를 내 손으로 주무르는 건 무엇 때문인가?'

현은 정말 살고 싶었다. 살고 싶다기보다 살아 견디어내고 싶었다. 조국의 적일 뿐 아니라 인류의 적이요 문화의 적인 나치스의 타도(打倒)를 오직 사회주의에 기대하던 독일의 한 시인은 몰로토프(Molotov, 소련의 정치가이자 외교관. 스탈린의 충실한 지지자로 총리에 취임한 뒤 독소불가침조약을 체결)가 히틀러와 악수를 하고 독소중립조약(獨蘇中立條約)이 성립되는 것을 보고는 그만 단순한 생각에 절망하고 자살하였다 한다.

'그 시인의 판단은 경솔하였던 것이다. 지금 독소는 싸우고 있지 않은가! 미(美)·영(英)·중(中)도 일본과 싸우고 있다. 연합군의 승리를 믿자! 정의와 역사의 법칙을 믿자! 정의와 역사의 법칙이 인류를 배반한다면 그때는 절망하여도 늦지 않을 것이다!'

감시를 피해 시골로 이사 가지만, 감시는 여전히 계속된다

현은 집을 팔지는 않았다. 구라파에서 제이전선이 아직 전개되지 않았고 태평양에서 일본군이 아직 라바울(서남태평양 멜라네시아의 뉴브리튼섬에 있는 항구 도시. 제2차 대전 때 일본 해군 항공대의 기지가 있었음)을 지킨다고는 하나 멀어야 이삼년이겠지 하는 심산으로 집을 최대한도로 잡혀만 가지고 서울을 떠난 것이다. 그곳 공의(公醫)를 아는 것이 발련(반연(絆緣), 얽히어 맺어진 인연)으로 강원도 어느 산읍이었다. 철도에서 팔십 리를 버스로 들어오는 곳이요, 예전엔 현감(縣監)이 있었던 곳이나 지금은 면소와 주재소뿐의 한적한 구읍이다. 어느 시골서나 공의는 관리들과 무관하니 무엇보다 그 덕으로 징용이나 면할까 함이요, 다음으로 잡곡의 소산지니 식량 해결을 위해서요, 그리고는 가까이 임진강 상류가 있어 낚시질로 세월을 기다릴 수 있음도 현이 그곳을 택한 이유의 하나였다.

그러나 와서 실정에 부딪쳐 보니 이 세 가지는 하나도 탐탁한 것은 아니었다. 면사무소엔 상장이 십여 개나 걸려 있는 모범 면장으로 나라에선 상을 타나, 백성에겐 그만치 원망을 사는 이 시대의 모순을 이 면장이라고 예외일 리 없어 성미가 강직해 바른말을 잘 쏘는 공의와는 사이가 일찍부터 틀린데다가, 공의는 육 개월이나 장기간 강습으로 이내 서울 가버리고 말았으니 징용 면할 길이 보장되지 못했고 그 외에 아는 사람이라고는 공의의 소개로 처음 지면한 향교 직원으로 있는 분인데 일 년에 단 두 번 춘추 제향 때나 고을 사람들의 기억에서 살아나는 '김직원님'으로는 친구네 양식은커녕 자기 식구 때문에도 손이 흰, 현실적으로는 현이나 마찬가지의, 아직도 상투가 있는 구식 노인인 선비였다.

 낚시터도 처음 와볼 때는 지척 같더니 자주 다니기엔 거의 십 리나 되는 고달픈 길일 뿐 아니라 하필 주재소 앞을 지나야 나가게 되었고 부장님이나 순사 나리의 눈을 피하려면 길도 없는 산등성이 하나를 넘어야 되는데 하루는 우편국 모퉁이에서 넌지시 살펴보니 '가네무라'라는 조선 순사가 눈에 띄었다. 현은 낚시 도구부터 질겁을 해 뒤로 감추며 한 걸음 물러서 바라보니 촌사람들이 무슨 나무껍질 벗겨온 것을 면서기들과 함께 점검하는 모양이다. 웃통은 속옷 바람이나 다리는 각반을 차고 칼을 차고 회초리를 들고 이 사람 저 사람에게 거드름을 부리고 있었다. 날래 끝날 것 같지 않아 현은 이번도 다시 돌아서 뒷산 등을 넘기로 하였다.

 길도 없는 가닥숲을 젖히며 비 뒤에 미끄러운 비탈을 한참이나 헤매어서 비로소 펑퍼짐한 중턱에 올라설 때다. 멀지 않은 시야에 곰처럼 시커먼 것이 우뚝 마주 서는 것은 순사부장이다. 현은 산짐승에게보다 더 놀라 들었던 두 손의 낚시 도구를 이번에는 펄썩 놓아버리었다.

 "당신 어데 가오?"

 현의 눈에 부장은 눈까지 부릅뜨는 것으로 보였다.

 "네. 바람 좀 쏘이러요."

 그제야 현은 대팻밥모자를 벗으며 인사를 하였으나 부장은 이미 팔뚝을 바라보는 때였다. 부장이 바라보는 쪽에는 면장도 서 있었고 자세히 보니 남향하여 큰 정구 코트만치 장방형으로 새끼줄이 치어져 있는데 부장과 면장의 대화로 보아 신사(神社) 터를 잡는 눈치였다. 현은 말뚝처럼 우뚝히 섰을 뿐 어찌해야 좋을지 몰랐다. 놓아버린 낚시 도구를 집어 올릴 용기도 없거니와 집어 올린댔자 새끼줄을 두 번이나 넘으면서 신사터를 지나갈 용기는 더욱 없었다. 게다가 부장도 무어라고 수군거리며 가끔 현을 돌아다본다. 꽃이라도 있으면 한 가지 꺾어드는 체하겠는데 패랭이꽃 한 송이 눈에 띄지 않는다. 얼마 만에야 부장과 면장이 일시에 딴 쪽을 향하는 틈을 타서 수갑에 채였던 것 같던 현의 손은 날쌔게 그 시국에 태만한 증거물들을 집어들고 허둥지둥 그만 집으로 내려오고 만 것이다.

"아버지 왜 낚시질 안 가구 도루 오슈?"

현은 아이들에게 대답할 말이 미처 생각나지도 않았거니와 그보다 먼저 현의 뒤를 따라온 듯한 이웃집 아이 한 녀석이,

"너이 아버지 부장한테 들켜서 도루 온단다."

하는 것이었다.

김직원과 현은 현실을 한탄한다

낚시질을 못 가는 날은 현은 책을 보거나 그렇지 않으면 김직원을 찾아갔고 김직원도 현이 강에 나가지 않았음직한 날은 으레 찾아왔다. 상종한다기보다 모시어 볼수록 깨끗한 노인이요, 이 고을에선 엄연히 존경을 받아야 옳을 유일한 인격자요 지사였다. 현은 가끔 기인여옥(其人如玉, 옥과 같은 사람. 고귀한 품성을 지닌 사람을 의미)이란 이런 이를 가리킴이라 느끼었다. 기미년 삼일운동 때 감옥살이로 서울에 끌려왔을 뿐, 조선이

망한 이후 한번도 자의로는 총독부가 생긴 서울엔 오기를 피한 이다. 창씨를 안 하고 견디는 것은 물론, 감옥에서 나오는 날부터 다시 상투요 갓이었다. 현과는 워낙 수십 년 연장(年長)인데다 현이 한문이 부치어 그분이 지은 시를 알지 못하고, 그분이 신문학에 무심하여 현대문학을 논담하지 못하는 것이 서로 유감일 뿐 불행한 족속으로서 억천(억천만겁. 끝을 알 수 없는 오랜 시간을 의미) 암흑 속에 일루의 광명을 향해 남몰래 더듬는 그 간곡한 심정의 촉수만은 말하지 않아도 서로 굳게 합하고도 남아 한두 번 만남으로 서로 간담을 비추는 사이가 되었다.

하루 저녁은 주름 잡히었으나 정채 돋는 두 눈에 눈물이 마르지 않은 채 찾아왔다. 현은 아끼는 촛불을 켜고 맞았다.

"내 오늘 다 큰 조카자식을 행길에서 매질을 했소."

김직원은 그저 손이 부들부들 떨며 있었다. 조카 하나가 면서기로 다니는데 그의 매부, 즉 이분의 조카사위 되는 청년이 일본으로 징용당해 가던 도중에 도망해 왔다. 몸을 피해 처가에 온 것을 이곳 면장이 알고 처남더러 잡아오라 했다. 이 기미를 안 매부 청년은 산으로 뛰어올라갔다. 처남 청년은 경방단의 응원을 얻어 산을 에워싸고 토끼 잡듯 붙들어다 주재소로 넘기고 있다는 것이다.

"강박한 처남이로군!"

현도 탄식하였다.

"잡아오지 못하면 네가 대신 가야 한다고 다짐을 받았답디다만 대신 가기루서 제 집으로 피해온 명색이 매부 녀석을 경방단들이 끌구 올라가 돌팔매질을 하면서꺼정 붙들어다 함정에 넣어야 옳소? 지금 젊은 놈들은 쓸개가 없읍네다!"

"그러니 지금 세상에 부모기로니 그걸 어떻게 공공연히 책망하십니까?"

"분해 견딜 수가 있소! 면소서 나오는 놈을 노상이면 어떻소. 잠자코 한참 대실대('담배설대'의 방언)가 끊어져 나가도록 패주었지요. 맞는 제 놈도 까닭을 알겠고 보는 사람들도 아는 놈은 알았겠지만 알면 대사요."

현은 문인궐기대회에 참석하지만, 빠져나오고 만다

이날은 현도 우울한 일이 있었다. 서울 문인보국회(文人報國會)에서 문인궐기대회가 있으니 올라오라는 전보가 온 것이다. 현에게는 엽서 한 장이 와도 먼저 알고 있는 주재소에서 장문 전보가 온 것을 모를 리 없고 일본 제국의 흥망이 절박한 이때 문인들의 궐기대회에 밤낮 낚시질만 다니는 이 자가 응하느냐 안 응하느냐는 주재소뿐 아니라 일본인이요 방공 감시 초장인 우편국장까지도 흥미를 가진 듯, 현의 딸아이가 저녁 때 편지 부치러 나갔더니, 너희 아버지 내일 서울 가느냐 묻더라는 것이다.

김직원은 처음엔 현더러 문인궐기대회에 가지 말라 하였다. 가지 말라는 말을 들으니 현은 가지 않기가 도리어 겁이 났다. 그랬는데 다음날 두 번째 또 그 다음날 세 번째의 좌우간 답전을 하라는 독촉 전보를 받았다. 이것을 안 김직원은 그날 일찍이 현을 찾아왔다.

"우리 따위 노혼(늙어서 정신이 흐림)한 것들이야 새 세상을 만난들 무슨 소용이리까만 현공 같은 젊은이는 어떡하든 부지했다가 그예 한몫 맡아 주시오. 그러자면 웬만한 일이건 과히 뻗대지 맙시다. 징용만 면헐 도리를 해요."

그리고 이날은 가네무라 순사가 나타나서, 이틀밖에 안 남았는데 언제 떠나느냐, 떠나면 여행증명을 해 가지고 가야 하지 않느냐, 만일 안 떠나면 참석 안 하는 이유는 무엇이냐, 나중에는, 서울 가면 자기의 회중시계 수선을 좀 부탁하겠다 하고 갔다. 현은 역시,

'살고 싶다!'

또 한번 비명(悲鳴)을 하고 하루를 앞두고 가네무라 순사의 수선할 시계를 맡아 가지고 궂은 비 뿌리는 날 서울 문인보국회로 올라온 것이다.

현에게 전보를 세 번씩이나 친 것은 까닭이 있었다. 얼마 전에 시국 협력을 달갑게 여기지 않는 중견층 칠팔 인을 문인보국회 간부급 몇 사람이 정보과장과 하루 저녁의 합석을 알선한 일이 있었는데 그날 저녁에 현만은 참석하지 못했으므로 이번 대회에 특히 순서 하나를 맡기게 되면 현을 위해서도 생색이려니와 그 간부급 몇 사람의 성의도 드러나는 것이었다. 현더러 소설부를 대표해 무슨 진언(眞言)을 하라는 것이었다. 현은 얼마 앙탈해보았으나 나타난 이상 끝까지 뻗대지 못하고 이튿날 대회 회장으로 따라 나왔다. 부민관인 회장의 광경은 어마어마하였다. 모두 국민복에 예장(禮章)을 찼고 총독부 무슨 각하, 조선군 무슨 각하, 예복에, 군복에 서슬이 푸르렀고 일본 작가에 누구, 만주국 작가에 누구, 조선 문단이 생긴 이후 첫 어마어마한 집회였다. 현은 시골서 낚시질 다니던 진흙 묻은 윗저고리에 바지만은 플란넬을 입었으나 국방색도

아니요, 각반도 차지 않아 자기의 복장은 시국 색조에 너무나 무감각했음이 변명할 여지가 없게 되었다. 그러나 갑자기 변장할 도리도 없어 그대로 진행되는 절차를 바라보는 동안 현은 차차 이 대회에 일종 흥미도 없지 않았다. 현이 한동안 시골서 붕어나 보고 꾀꼬리나 듣던 단순해진 눈과 귀가 이 대회에서 다시 한번 선명하게 느낀 것은 파쇼 국가의 문화 행정의 야만성이었다. 어떤 각하 자리는 심지어 히틀러의 말 그대로 문화란 일단 중지했다가도 필요한 때엔 일조일석에 부활시킬 수 있는 것이니 문학이건 예술이건, 전쟁 도구가 못 되는 것은 아낌없이 박멸하여도 좋다 하였고, 문화의 생산자인 시인이며 평론가며 소설가들도 이런 무장각하(武裝閣下)들의 웅변에 박수갈채할 뿐 아니라 다투어 일어서, 쓰러져 가는 문화의 옹호이기보다는 관리와 군인의 저속한 비위를 핥기에만 혓바닥의 침을 말리었다. 그리고 현의 마음을 측은케 한 것은 그 핏기 없고 살 여윈 만주국 작가의 서투른 일본말로의 축사였다. 그 익지 않은 외국어에 부자연하게 움직이는 얼굴은 작고 슬프게만 보였다. 조선 문인들의 일본말은 대개 유창하였다. 서투른 것을 보다 유창한 것을 보니 유쾌해야 할 터인데 도리어 얄미운 것은 무슨 까닭일까. 차라리 제 소리 외에는 옮길 줄 모르는 개나 도야지가 얼마나 명예스러우랴 싶었다. 약소 민족은 강대 민족의 말을 배우기 시작하는 것부터가 비극의 감수(甘受)였던 것이다. 그렇다고 해서, 그러면 일본 작가들의 축사나 주장은 자연스럽게 보이고 옳게 생각되었느냐 하면 그것도 아니었다. 현의 생각엔 일본인 작가들의 행동이야말로 이해하기 곤란하였다. 한때는 유종열(야나기 무네요시(柳宗悅). 일본의 민예연구가, 미술평론가로 한국의 민속예술에

깊은 관심을 가졌음) 같은 사람은,

"동포여 군국주의를 버려라. 약한 자를 학대하는 것은 일본의 명예가 아니다. 끝까지 이 인륜(人倫)을 유린할 때는 세계가 일본의 적이 될 것이니 그때는 망하는 것이 조선이 아니라 일본이 아닐 것인가?"

하고 외치었고, 한때는 히틀러가 조국이 없는 유태인들을 추방하고, 진시황처럼 번문욕례(繁文縟禮, 글을 농락하고 예를 욕되게 함)를 빙자해 철학·문학을 불지를 때 이전에 제법 항의를 결의한 문화인들이 일본에도 있지 않았는가? 그들은 지금 무엇을 하고 찍소리도 없는 것인가? 조선인이나 만주인의 경우보다는 그래도 조국이나 저희 동족에의 진정한 사랑과 의견을 외칠 만한 자유와 의무는 남아 있지 않은 것인가? 진정한 문화인의 양심이 아직 일본에 있다면 조선인과 만주인의 불평을 해결은커녕 위로조차 아니라 불평할 줄 아는 그 본능까지 마비시키려는 사이비 종교가 많이 쏟아져 나오고, 저희 민족 문화의 한 발원지라고도 할 수 있는 조선의 문화나 예술을 보호는 못할망정, 야만적 관료의 앞잡이가 되어 조선어의 말살과 긴치 않은 동조론(同調論)이나 국민극(國民劇)의 앞잡이 따위로나 나와 돌아다니는 꼴들은 반세기의 일본 문화란 너무나 허무한 것이 아닌가? 물론 그네들도 양심 있는 문화인은 상당한 수난일 줄은 안다. 그러나 너무나 태평무사하지 않은가? 이런 생각에서 펀뜻(언뜻) 박수 소리에 놀라는 현은, 차츰 자기도 등단해야 될, 그 만주국 작가보다 더 비극적으로 얼굴의 근육을 경련시키면서 내용이 더 구린 일본어를 배설해야 될 것을 깨달을 때, 또 여태껏 일본 문화인들을 비난하며 있던 제 속을 들여다볼 때 '네 자신은 무어냐? 네 자신은 무엇 하러 여기 와 앉아 있는 거냐' 현은 무서운 꿈속이었다. 뛰어도 뛰어도 그 자리에만 있는 꿈속에서처럼 현은 기를 쓰고 뛰듯 해서 겨우 자리를 일어섰다. 일어서고 보니 걸음은 꿈과는 달라 옮겨지었다. 모자가 남아 있는 것도 인식 못하고 현은 모든 시선이 올가미를 던지는 것 같은 회장을 슬그머니 빠져나오고 말았다.

'어찌 될 것인가? 의장 가야마 선생은 곧 내가 나설 순서를 지적할 것이다. 문인보국회 간부들은 그 어마어마한 고급관리와 고급군인들의 앞에서 창씨 안한 내 이름을 외치면서 찾을 것이다!'

위에서 누가 내려오는 소리가 난다. 우선 현은 변소로 들어섰다. 내려오는 사람은 절거덕절거덕 칼 소리가 났다. 바로 이 부민관 식장에서 언젠가 한번 우리 문인들에게, 너희가 황국 신민으로서 충성하지 않을 때는 이 칼이 너희 목을 용서하지 않을 것이다 하던, 그도 우리 동포인 무슨 중좌인가 그자인지도 모르는데 절거덕 소리는 변소로 들어오는 눈치다. 현은 얼른 대변소 속으로 들어섰다. 한참만에야 소변을 끝낸 칼 소리의 주인공은 나가버리었다. 그러나 그 뒤를 이어 이내 다른 구두 소리가 들어선다. 누구이든 이 속을 엿볼 리는 없을 것이나, 현은, 그 시골서 낚시질을 가던 길 산등성이에서 순사부장과 맞닥뜨리었을 때처럼 꼼짝 못하겠다. 변기는 씻겨 내려가는 식이나 상당한 무더위와 독하도록 불결한 데다. 현은 담배를 꺼내 피워 물었다. 아무리 유치장이나 감방 속이기로 이다지 좁고 이다지 더러운 공기는 아니리라 싶어 사람이 드나드는 곳 치고 용무 이외에 머무르기 힘든 곳은 변소 속이라 느낄 때, 현은 쓴웃음도 나왔다. 먼 삼 층 위에선 박수 소리가 울려 왔다. 그리고는 조용하다. 조용해진 지 얼마 만에야 현은 밖으로 나왔다. 그리고 맨머리 바람인 채, 다시 한번 될 대로 되어라 하고 시내에서 그중 동뜬 성북동에 있는 친구에게로 달려오고 만 것이다.

현은 일제 식민지하에서 문학이 나아갈 길을 고민한다

어찌 되었든 현이 서울 다녀온 보람은 없지 않았다. 깔끔하여 인사도 제대로 받지 않으려던 가네무라 순사가 시계를 고쳐다준 이후로는 제법 상냥해졌고, 우편국장, 순사부장, 면장들이 문인대회에서 전보를 세 번씩이나 쳐서 불러간 현을 그전보다는 약간 평가를 높이 하는 듯, 저희 편에서도 자진해 인사를 보내게끔 되어 이제는 그들이 보는데도 낚싯대를 어엿이 들고 지나다니게끔 되었다.

낚시질은, 현이 사용하는 도구나 방법이 동양 것이어서 그런지는 몰라도 역시 동양적인 소견법(消遣法, 그럭저럭 마음을 붙여 세월을 보내는 방법)의 하나 같았다. 곤드레가 그린 듯이 소식 없기를 오랠 때에는 그대로 강속에 마음을 둔 채 졸고도 싶었고, 때로는 거친 목소리나마 한 가락 노래도 흥얼거리고 싶은 것인데 이런 때는 신시(新詩)보다는 시조나 한시(漢詩)를 읊는 것이 제격이었다.

소현의산각 관루사종현 　　小縣依山脚 官樓似鐘懸
관서제조리 청소낙화전 　　觀書啼鳥裏 聽訴落花前
봉박칭빈리 신한호산선 　　俸薄稱貧吏 身閑號散仙
신참조어사 월반재강변 　　新參釣魚社 月半在江邊

조그만 고을 산자락에 기대 있으니 / 관청의 누각에 종을 매단 듯
새 지저귀는 속에서 책을 보고 / 꽃 지는 앞에서 송사를 듣는구나.
봉급이 얇아 빈한 관리라 칭하나 / 몸은 한가로워 신선이라 하겠네.
새로 낚시 모임에 참여하니 / 한 달에 반을 강가에 나가 있구나.

현이 이곳에 와서 무엇이고 군소리 내고 싶은 때 즐겨 읊조리는 한시다. 한번은 김직원과 글씨 이야기를 하다가 고비(古碑, 옛 비석) 이야기가 나오고 나중에는 심심하니 동구(洞口)에 늘어선 현감비(縣監碑)들이나 구경 가자고 나섰다. 거기서 현은 가장 첫머리에 대산(對山) 강진(姜溍)의 비를 그제야 처음 보았고 이조말(李朝末) 사가시(四家詩)의 계승자(繼承者)라고 하는 시인 대산이 한때 이곳 현감으로 왔던 사적을 반겨 놀라지 않을 수 없었다. 그 길로 김직원 댁으로 가서 두 권으로 된 이 『대산집(對山集)』을 빌리어다 보니 중년작은 거의가 이 산읍에 와서 지은 것이며 현이 가끔 올라가는 만경산(萬景山)이며 낚시질 오는 용구소(龍九沼)며 여조(고려왕조) 유신 허모(許某)가 와 은둔해 있던 곳이라는 두문동(杜門洞)이며 진작 이 시인 현감의 시제(詩題)에 오르지 않은 구석이 별로 없다. 그는 일찍부터 출재산수향(出宰山水鄕) 독서송계림(讀書松桂林, 산수 좋은 고장에 고을살이 나가니, 소나무와 계수나무 숲에서 책을 읽으리)의 한퇴지(韓退之)의 유풍을 사모하여 이런 산수향에 수령되어 왔음을 매우 만족해한 듯하다. 새 우짖는 소리 속에 책을 읽고 꽃 흩는 나무 앞에서 백성의 시비를 가리는 것이라든지, 녹은 적으나 몸 한가한 것만 신선이어서 새로 낚시꾼들에게 끼어 한 달이면 반은 강변에서 지내는 것을 스스로 호강스러워 예찬한 노래다. 벼슬살이가 이러할진댄 도연명인들 굳이 팽택령(彭澤令, 팽택

현령)을 버렸을 리 없을 것이다. 몸이야 관직에 매었더라도 음풍영월(吟風詠月, 맑은 바람과 밝은 달을 대상으로 시를 짓고 흥취를 자아내어 즐겁게 놂)만 할 수 있으면 문학이었고 굳이 관대를 끄르고 전원(田園)에 돌아갔으되 역시 음풍영월만이 문학이긴 마찬가지였다.

'관서제조리, 청소낙화전! 이런 운치의 정치를 못 가져 봄은 현대 정치인의 불행이라 할 수 있을 것이다. 그러나 다시 이런 운치 정치로 살 수 있는 세상이 올 수 있을 것인가? 음풍영월만으로 소견 못하는 것이 현대 문인의 불행이기도 할 것이다. 그러나 마찬가지로 음풍영월이 문학일 수 있는 세상이 다시 올 수 있을 것인가? 아니 그런 세상이 올 필요나 있으며 또 그런 것이 현대 정치가나 예술가의 과연 흠모하는 생활이며 명예일 수 있을 것인가?'

현은 무시로 대산의 시를 입버릇처럼 읊조리면서도 그것은 한낱 왕조시대의 고완품(古翫品, 골동품)을 애무하는 것 같은 취미요 그것이 곧 오늘 자기 문학생활에 관련성을 가진 것이라고는 생각되지 않았다.

'그렇다고 내 자신이 걸어온 문학의 길은 어떠하였는가? 봉건시대의 소견 문학과 얼마만한 차이를 가졌는가?'

현은 이것을 붓을 멈추고 자기를 전망할 수 있는 피란처에 와서야, 또는 강대산 같은 전세대(前世代) 시인의 작품을 읽고야 비로소 반성하는 것은 아니었다. 현의 아직까지의 작품 세계는 대개 신변적인 것이 많았다. 신변적인 것에 즐기어 한계를 둔 것은 아니나 계급보다 민족의 비애에 더 솔직했던 그는 계급에 편향했던 좌익엔 차라리 반감이었고 그렇다고 일제(日帝)의 조선민족정책에 정면충돌로 나서기에는 현만이 아니라 조선 문학의 진용 전체가 너무나 미약했고 너무나 국제적으로 고립해 있었다. 가끔 품속에 서린 현실자로서의 고민이 불끈거리지 않았음은 아니나, 가혹한 검열제도 밑에서는 오직 인종(忍從, 참고 따름)하지 않을 수 없었고 따라 체관(諦觀, 단념)의 세계로밖에는 열릴 길이 없었던 것이다.

'자, 이젠 무엇을 어떻게 쓸 것인가? 일본이 망할 것은 정한 이치다. 미리 준비를 하자! 만일 일본이 망하지 않는다면? 조선은 문학이니 문화니가 문제가 아니다. 조선말은 그예 우리 민족에게서 떠나고 말 것이니 그때는 말만이 아니라 민족 자체가 성격적으로 완전히 파산되고마는 최후인 것이다. 이런 끔찍한 일본 군국주의의 음모를 역사는 과연 일본에게 허락할 것인가?'

일본의 패망이 가까워 오지만 확신할 수는 없다

현은 안해에게나 김직원에게는 멀어야 이제부터 일 년이란 것을 누누이 역설하면서도 정작 저 혼자 따져 생각할 때는 너무나 정보(情報)에 어두워 있으므로 막연하고 불안하였다. 그러나 파시즘의 국가들이 이기기나 하면 어쩌나 하는 불안은 이내 사라졌다. 무솔리니의 실각, 제이전선의 전개, 사이판의 함락, 일본 신문이 전하는 것만으로도 전쟁의 대세는 이미 결정되어 있었다.

그렇다고 현은 붓을 들 수는 없었다. 자기가 쓰기는커녕 남의 것을 읽는 것조차 마음은 여유를 주지 않았다. 강가에 앉아 '관서제조리 청소낙화전'은 읊조릴망정, 태서 대가들의 역작·명편은 도무지 머릿속에 들어오지 않아, 다시 읽는 『전쟁과 평화』를 일 년이 걸리어도 하권은 그예 못다 읽고 말았다. 집엔 들어서기만 하면 쌀 걱정, 나무 걱정, 방바닥 뚫어진 것, 부엌 불편한 것, 신발 없는 것, 옷감 없는 것, 약 없는 것, 나중엔 삼 년은 견딜 줄 계산한 집 잡힌 돈이 일 년이 못다 되어 바닥이 났다. 징용도 아직 보장이 되지 못하였는데 남자 육십 세까지의 국민의용대 법령이 나왔다. 하루는 주재소에서 불렀다. 여기는 시달서도 없이 소사가 와서 이르는 것이니 불안하고 불쾌하긴 마찬가지다. 다만 그 불안을 서울서처럼 궁금한 채 내일까지 기다리는 것이 아니라 그 길로 달려가 즉시 결과를 알 수 있는 것만 다행이었다.

 주재소에는 들어설 수 없게 문간에까지 촌사람들로 가득하였다. 현은 자기를 부른 일과 무슨 관계가 있나 해서 가만히 눈치부터 살피었다. 농사진 밀, 보리는 종자도 남기지 않고 모조리 걷어 들여오고 이름만 농가라고 배급은 주지 않으니 무얼 먹고 살라느냐, 밤낮 증산이니 무슨 공출이니 하지만 먹어야 농사도 짓고 먹어야 머루덤불, 관솔도, 참나무 껍질도 해다 바치지 않느냐, 면에다 양식 배급을 주도록 말해달라고 진정하러들 온 것이었다. 실실 웃기만 하고 앉았던 부장이 현을 보더니 갑자기 얼굴에 위엄을 갖추며 밖으로 나왔다.

 "오늘은 낚시질 안 갔소?"

 "안 갔습니다."

 "당신을 경방단에도, 방공 감시에도 뽑지 않은 것은 나라를 위해서 글을 쓰라고 그냥 둔 것인데 자꾸 낚시질만 다니니까 소문이 나쁘게 나는 것이오. 내가 어제 본서에 들어갔더니, 거긴, 어떤 한가한 사람이 있어 버스에서 보면 늘 낚시질 하니, 그게 누구냐고 단단히 말을 합디다. 인젠 우리 일본 제국이 완전히 이길 때까지 낚시질은 그만둡시다."

현은,

"그렇습니까? 미안합니다."

하는 수밖에 없었다.

"그리고 당신은, 출정 군인이 있을 때마다 여기서 장행회가 있는데 한 번도 나오지 않지 않았소?"

"미안합니다. 앞으론 나오겠습니다."

현은 몹시 우울했다.

첫 장마 지난 후, 고기들이 살도 올랐고 떼 지어 활발히 이동하는 것도 이제부터다. 일 년 중 강물과 제일 즐길 수 있는 당절에 그만 금족을 당하는 것이었다. 낚시 도구는 꾸려 선반에 얹어두고, 자연 김직원과나 자주 만나는 것이 일이 되었다. 만나면 자연 시국 이야기요, 시국 이야기면 이미 독일도 결단 났고 일본도 벌써 적을 오키나와까지 맞아들인 때라 자연히 낙관적 관찰로써 조선 독립의 날을 꿈꾸는 것이었다.

"국호(國號)가 고려국이라고 그러셨나?"

현이 서울서 듣고 온 것을 한번 김직원에게 이야기한 적이 있다.

"고려민국이랍디다."

"어째 고려라고 했으리까?"

"외국에는 조선이나 대한보다는 고려로 더 알려졌기 때문인가 봅니다. 직원님께선 무어라 했으면 좋겠습니까?"

"그까짓 국호야 뭐래든 얼른 독립이나 됐으면 좋겠소. 그래도 이왕이면 우리넨 대한이랬으면 좋을 것 같어."

"대한! 그것도 이조말에 와서 망할 무렵에 잠시 정했던 이름 아닙니까?"

"그렇지요. 신라나 고려처럼 한때 그 조정이 정했던 이름이죠."

"그렇다면 지금 다시 이왕시대(李王時代)가 아닐 바엔 대한이란 거야 무의미허지 않습니까? 잠시 생겼다 망했다 한 나라 이름들은 말씀대로 그때그때 조정이나 임금 마음대로 갈었지만 애초부터 우리 민족의 이름은 조선이 아닙니까?"

"참, 그러리다. 사기에도 고조선이니 위만조선(衛滿朝鮮)이니 허구 조선이란 이름이야 흠뻑 오라죠. 그런데 나는 말이야……."

하고 김직원은 누워서 피우던 담뱃대를 놓고 일어나며,

"난 그전대로 국호도 대한, 임금도 영친왕을 모셔 내다 장가나 조선 부인으루 다시 듭시게 해서 전주 이씨 왕조를 다시 한번 모셔보구 싶어."

하였다.

"전조(前朝)가 그다지 그리우십니까?"

"그립다 뿐이겠소. 우리 따위 필부가 무슨 불사이군(不事二君, 두 임금을 섬기지 않음)이래서보다도 왜놈들 보는데 대한 그대로 광복(光復)을 해 가지고 이번엔 고놈들을 한번 앙갚음을 해야 허지 않겠소?"

"김직원께서 이제 일본으루 총독 노릇을 한번 가 보시렵니까?"

하고 둘이는 유쾌히 웃었다.

"고려민국이건 무어건 그래 군대도 있구 연합국 간엔 승인도 받었으리까?"

"전부는 몰라도 일본에 선전포고꺼정 허구 군대가 김일성 부하, 김원봉 부하, 이청천 부하, 모다 삼십만은 넘는다는 말이 있습니다."

"삼십만! 제법 대군이로구려! 옛날엔 십만이라두 대병인데! 거 인제 독립이 돼가지구 우리 정부가 환국할 땐 참 장관이겠소! 오래 산 보람 있으려나 보오!"

하고 김직원은 다시 담배를 피워 물었다. 그리고 그 피어오르는 연기 속에서 삼십만 대병으로 호위된 우리 정부의 복식 찬란한 헌헌장부들의 환상(幻像)을 그려보는 것이었다. 나중에는 감격에 가슴이 벅찬 듯 후-한숨을 쉬는 김직원의 눈은 눈물까지 글썽해 있었다.

김직원은 도유생대회 일로 주재소에 구금된다

그 후 얼마 안 있어서다. 하루는 김직원이 주재소에 불려갔다. 별일은 아니라 읍에서 군수가 경비전화를 통해 김직원을 군청으로 들어오라는 기별이었다. 김직원은 이튿날 버스로 칠십 리나 들어가는 군청으로 갔다. 군수는 반가이 맞아 자기 관사에서 저녁을 차리고, 김직원에게 이런 말을 하였다.

"왜 지난달 춘천(春川)서 열린 도유생대회(道儒生大會)엔 참석허지 않았습니까?"

"그것 때문에 부르셨소?"

"아니올시다. 더 드릴 말씀이 있습니다."

"다 허시지오."

"이왕 지나간 대회 이야기보다도…… 인젠 시국이 정말 국민에게 한 사람이라도 방관할 여율 안 준다는 건 나뿐 아니라 김직원께서도 잘 아실 겁니다. 노인께 이런 말씀 드리는 건 미안합니다만 너무 고루하신 것 같은데 성인도 시속을 따르랬다고 대세가 그렇지 않습니까?"

"그래서요?"

"이번에 전국유도대회(全國儒道大會)를 앞두고 군(郡)에서 미리 국어(일본어를 의미)와 황국정신(皇國精神)에 대한 강습이 있습니다. 그러니 강습에 오시는데 미안합니다만 머리를 인젠 깎으시고 대회에 가실 때도 필요할 게니 국민복도 한 벌 장만하십시오."

"그 말씀뿐이오?"

"그렇습니다."

"나 유생인 건 사또께서 잘 아시리다. 신체발부(身體髮膚)는 수지부모(受之父母, 몸은 머리끝부터 발끝까지 부모로부터 받음)란 성현의 말씀을 지키지 않구 유생은 무슨 유생이며 유도대회는 무슨 유도대회겠소. 나 향교 직원 명예로 허는 것 아니오. 제향 절차 하나 제대로 살필 위인이 없으니까 그곳 사는 후학(後學)으로서 성현께 대한 도리로 맡어온 것이오. 이제 머리를 깎어라, 낙치(落齒, 이가 빠짐)가 다 된 것더러 일본말을 배워라, 복색을 갈어라, 나 직원 내노란 말씀이니까 잘 알아들었소이다."

하고 나와버린 것인데, 사흘이 못 되어 다시 주재소에서 불렀다. 또 읍에서 나온 전화 때문인데 이번에는 경찰서에서 들어오라는 것이다. 김직원은 그 길로 현을 찾아왔다.

"현공? 저놈들이 필시 나한테 강압수단을 쓸랴나 보."

"글쎄올시다. 아무튼 메칠 안 남은 발악이니 충돌은 마시고 잘 모면만 하십시오."

"불러도 안 들어가면 어떠리까?"

"그건 안 됩니다. 지금 핑계가 없어서 구속을 못하는데 관명 거역이라고 유치나 시켜놓고 머리를 깎이면 그건 기미년 때처럼 꼼짝 못허구 당허십니다."

"옳소. 현공 말이 옳소."

하고 김직원은 그 이튿날 또 읍으로 갔는데 사흘이 되어도 나오지 않았고 나흘째 되던 날이 바로 '팔월 십오일'인 것이었다.

그러나 현은 라디오는커녕 신문도 이 주일이나 늦는 이곳에서라 이 역사적 '팔월 십오일'을 아무것도 모르는 채 지나버리었고, 그 이튿날 아침에야 서울 친구의 다만 '급히 상경하라'는 전보로 비로소 제 육감이 없지는 않았으나 그러나 여행 증명도 얻을 겸 눈치를 보러 주재소에 갔으되, 순사도 부장도 아무런 이상이 없었을 뿐 아니라 가네무라 순사에게 넌지시 김직원이 어찌 되어 나오지 못하느냐 물었더니,

"그런 고집불통 영감은 한참 그런 데서 땀 좀 내야죠!"

한다.

"그럼 구금이 되셨단 말이오?"

"뭐 잘은 모릅니다. 괜히 소문 내지 마슈."

하고 말을 끊는데, 모두가 변한 것이 조금도 없다.

'급히 상경하라. 무슨 때문인가?'

현은 궁금한 채 버스를 기다리는데 이날은 버스가 정각 전에 일찍 나왔

다. 이 차에도 김직원이 나타나는 것을 보지 못하고 현은 떠나고 말았다.

광복이 되었으나 감격하는 사람이 없다

버스 속엔 아는 사람도 하나 없다. 대부분이 국민복들인데 한 사람도 그럴듯한 기색은 보이지 않는다. 한 사십 리 나와 저쪽에서 들어오는 버스와 마주치게 되었다. 이쪽 운전사가 팔을 내밀어 저쪽 차를 같이 세운다.
"어떻게 된 거야?"
"무에 어떻게 돼?"
"철원은 신문이 왔겠지?"
"어제 방송대루지 뭐."
"잡음 때문에 자세들 못 들었어. 그런데 무조건 정전이라지?"
두 운전사의 문답이 이에 이를 때, 누구보다도 현은 좁은 틈에서 벌떡 일어섰다.
"그게 무슨 소리들이오?"
"전쟁이 끝났답니다."
"뭐요? 전쟁이?"
"인젠 끝이 났어요."
"끝! 어떻게요?"
"글쎄, 그걸 잘 몰라 묻습니다."
하는데 저쪽 운전대에서,

"결국 일본이 지구 만 거죠. 철원 가면 신문을 보십시다."
하고 차를 달려버린다. 이쪽 차도 갑자기 구르는 바람에 현은 털썩 주저 앉았다.

"옳구나! 올 것이 왔구나! 그 지리하던 것이……."

현은 코허리가 찌르르해 눈을 슴벅거리며 좌우를 둘러보았다. 확실히 일본 사람은 아닌 얼굴들인데 하나같이 무심들 하다.

"여러분은 운전사들의 대활 못 들었습니까?"

서로 두리번거릴 뿐, 한 사람도 응하지 않는다.

"일본이 지고 말았다면 우리 조선이 어떻게 될 걸 짐작을 허시겠지요?"

그제야 그것도 조선옷 입은 영감 한 분이,

"어떻게든 되는 거야 어디 가겠소? 어떤 세상이라고 똑똑히 모르는 걸 입을 놀리겠소?"

한다. 아까는 다소 흥미를 가지고 지껄이던 운전사까지,

"그렇지요. 정말인지 물어보기만도 무시무시헌걸요."

하고, 그 피곤한 주름살, 그 움푹 들어간 눈으로 운전하는 표정뿐이다.

현은 고개를 푹 수그렸다. 조선이 독립된다는 감격보다도 이 불행한 동포들의 얼빠진 꼴이 우선 울고 싶게 슬펐다.

'이게 나 혼자 꿈이나 아닌가?'

현은 철원에 와서야 꿈 아닌 경성일보를 보았고, 찾을 만한 사람들을 만나 굳은 악수와 소리 나는 울음을 울었다. 하늘은 맑아 박꽃 같은 구름송이, 땅에는 무럭무럭 자라는 곡식들, 우거진 녹음들, 어느 것이고 우러러 절하고 소리 지르고 날뛰고 싶었다.

서울에 올라온 현은 조선문화건설 중앙협의회를 찾아간다

현은 십칠 일날 새벽, 뚜껑 없는 모래차에 모래 실리듯 한 사람 틈에 끼여, 대통령에 누구, 육군 대신에 누구, 그러다가 한 정거장을 지날 때마다 목이 터지게 독립 만세를 부르며 이날 아침 열 시에 열린다는 전국대회에 미치지 못할까 보아 초조하면서 태극기가 휘날리는 열광의 정거장들을 지나 서울로 올라왔다.

청량리 정거장을 나서니 웬일인가. 기대와는 달리 서울은 사람들도 냉정하고 태극기조차 보기 드물다. 시내에 들어서니 독 오른 일본 군인들이 일촉즉발(一觸卽發)의 예리한 무장으로 거리마다 목을 지키고 경성일보가 의연히 태연자약한 논조다.

현은 전보 쳐준 친구에게로 달려왔다. 손을 잡기가 바쁘게 전국대회가 어디서 열리느냐 하니, 모른다 한다. 정부 요인들이 비행기로 들어 왔다는데 어디들 계시냐 하니, 그것도 모른다 한다. 현은 대체 일본 항복이 사실이긴 하냐 하니, 그것만은 사실이라 한다. 현은 전신에 피곤을 느끼며 걸상에 주저앉아 그제야 여러 시간 만에 처음 정신을 가다듬었다. 그리고 이 친구로부터 팔월 십오일 이후 이틀 동안의 서울 정황을 대강 들었다.

현은 서울 정황에 불쾌하였다. 총독부와 일본 군대가 여전히 조선 민족을 명령하고 앉았다는 것과 해외에서 임시정부가 오늘 아침에 들어왔다, 혹은 오늘 저녁에 들어온다 하는 이때 그새를 못 참아 건국(建國)에 독단적인 계획들을 발전시키며 있는 것과 문화면에 있어서도, 현 자신은 그의 꿈인가 생시인가도 구별되지 않는 이 현혹한 찰나에, 또 문화인들의 대부분이 아직 지방으로부터 모이기도 전에, 무슨 이권이나처럼 재빨리 간판부터 내걸고 서두르는 것들이 도시 불순하고 경박해 보였던 것이다. 현이 더욱 걱정되는 것은 벌써부터 기치를 올리고 부서를 짜고 덤비는 축들이, 전날 좌익작가들의 대부분임을 알게 될 때, 문단 그 사회보다도, 나라 전체에 좌익이 발호할 수 있는 때요, 좌익이 제멋대로 발호하는 날은, 민족상쟁 자멸(한민족이 서로 싸워 스스로 멸망함)의 파탄을 일으키지 않을까 하는, 위험성이었다. 현은 저 자신의 이런 걱정이 진정일진댄, 이러고만 앉았을 때가 아니라 생각되어 그 '조선문화건설 중앙협의회'란 데를 찾아갔다. 전날 구인회(九人會) 시대, 문장(文章) 시대에 자별하게 지내던 친구도 몇 있었으나 아닌 게 아니라 전날 좌익이었던 작가와 평론가가 중심이었다. 마침 기초된 선언문(宣言文)을 수정하면서들 있었다. 현은 마음속으로 든든히 그들을 경계하면서 그들이 초안한 선언문을 읽어보았다. 두 번 세 번 읽어보았다. 그리고 그들의 표정과 행동에 혹시라도 위선적인 데나 없나 엿보기를 게을리 하지 않으며 적이 속으로 이상하게 생각하지 않을 수 없었다.

 '이들에게 이만침 조선 사정에 절실한 정신적 준비가 있었던가?'

 현은 그들의 태도와 주장에 알고 보니 한 군데도 이의(異意)를 품을 데가 없었다. '장래 성립할 우리 정부의 문화·예술 정책이 서고, 그 기관이 탄생되어 이 모든 임무를 수행할 때까지, 우선, 현 계단의 문화 영역의 통일적 연락과 각 부문의 질서화를 위하야'였고 '조선문화의 해방, 조선문화의 건설, 문화전선의 통일' 이것이 전진구호(前進口號)였던 것이다. 좌우를 막론하고 민족이 나아갈 노선에서 행동 통일부터 원칙을 삼아야 할 것을 현은 무엇보다 긴급으로 생각한 것이요, 좌익작가들이 이것을 교란할까 보아 걱정한 것이며 미리부터 일종의 증오를 품었던 것인데 사실인즉 알아볼수록 그것은 현 자신의 기우(杞憂, 쓸데없는 걱정)였다. 아직 이 이상 구체안이 있을 수도 없는 때이나, 이들로서 계급혁명의 선수를 걸지 않는 것만은 이들로는 주저나 자중이 아니라, 상당한 자기비판과 국제노선과 조선 민족의 관계를 심사숙고한 연후가 아니고는, 이처럼 일견 단순해 보이는 태도나 원칙만에 만족할 리가 없을 것이었다. 현은 다행한 일이라 생각하고 즐겨 그 선언에 서명을 같이 하였다.

현은 좌익 데모, 적기 데모를 보고 고민한다

그러나 도시 마음이 놓이지는 않았다. '모든 권력과 인민에게로' 이런 깃발과 노래만 이들의 회관에서 거리를 향해 나부끼고 울려 나왔다. 그것이 진리이긴 하나 아직 민중의 귀에만은 이른 것이었다. 바다 위로 신기루(蜃氣樓)같이 황홀하게 떠들어올 나라나, 대한이나, 정부나, 영웅들을 고대하는 민중들은, 저희 차례에 갈 권리도 거부하면서까지 화려한 환상과 감격에 더 사무쳐 있는 때이기 때문이다. 현 자신까지도 '모든 권력은 인민에게로'가 이들이 민주주의자로서가 아니라 그전 공산주의자로서의 습성에서 외침으로만 보여질 때가 한두 번이 아니었고, 위고(빅토르 위고. 프랑스 진보주의 작가) 같은 이는 이미 전세대(前世代)에 있어 '국민보다 인민에게'를 부르짖은 것을 생각할 때, 오늘 우리의 이 시대,

이 처지에서 '인민에게'란 말이 그다지 새롭거나 위험스럽게 들릴 것도 아무것도 아닌 줄 알면서도, 현은 역시 조심스러웠고, 또 현을 진실로 아끼는 친구나 선배의 대부분이, 현이 이들의 진영 속에 섞인 것을 은근히 염려하는 것이었다. 그런데다 객관적 정세는 날로 복잡다단해졌다. 임시정부는 민중이 꿈꾸는 것 같은 위용(偉容)은커녕 개인들로라도 쉽사리 나타나주지 않았고, 북쪽에서는 소련군이 일본군을 여지없이 무찌르며 조선인의 골수에 사무친 원한을 충분히 이해해서 왜적에 대한 철저한 소탕을 개시한 듯 들리나, 미국군은 조선 민중의 기대는 모른 척하고 일본인들에게 관대한 삐라부터를 뿌리어, 아직도 총독부와 일본 군대가 조선 민중에게 '보아라 미국은 아직 일본과 상대이지 너희 따위 민족은 문제가 아니다' 하는 자세를 부리기 좋게 하였고, 우리 민족 자체에서는 '인민공화국'이란, 장래 해외 세력과 대립의 예감을 주는 조직이 나타났고, '조선문화건설 중앙협의회'와 선명히 대립하여 '프롤레타리아예술연맹'이란, 좌익 문학인들만으로 문화운동 단체가 기어이 일어나고 말았다.

  이 '프로예맹'이 대두함에 있어, 현은 물론, '문협'에서들은, 겉으로는 '역사나 시대는 그네들의 존재 이유를 따로 허락지 않을 것이다.' 하고 비웃어버리려 하나 속으로는 '문화전선통일'에 성실하면 성실한만치 무엇보다 먼저 해결하지 않으면 안 될 당면과제의 하나였다. 현이 더욱 불쾌한 것은, '프로예맹'의 선언강령이 '문협' 것과 별로 다를 것이 없는 점이요, 그렇다면 과거에 좌익 작가들이, 과거에 자기들과 대립 존재였던 현을 책임자로 한 '문학건설본부'에 들어 있기 싫다는 표시로도 생각할 수 있는 점이다. 하루는 우익측 몇 친구가 '프로예맹'의 출현을 기다리었다는 듯이 곧 현을 조용한 자리에 이끌었다.

"당신의 진의는 우리도 모르지 않소. 그러나 급기야 당신이 거기서 못 배겨나리다. 수포에 돌아가리다. 결국 모모(某某)들은 당신 편이기보단 프로예맹 편인 것이오. 나중에 당신만 지붕 쳐다보는 꼴이 될 것이니 진작 나와 우리끼리 따로 모입시다. 뭣 허러 서로 어정버정헌 속에서 챙피만 보고 계시오?"

현은 그들에게 이 기회에 신중히 생각할 여지가 있다는 것만은 수긍하고 헤어졌다. 바로 그 다음날이다. 좌익 대중단체 주최의 데모가 종로를 지나게 되었다. 연합국기 중에도 맨 붉은 기뿐이요, 행렬에서 부르는 노래도 적기가(赤旗歌)다. 거리에 섰는 군중들은 모두 이 데모에 냉정하다. 그런데 '문협' 회관에서만은 열광적 박수와 환호로 이 데모에 응할 뿐 아니라, 이제 연합군 입성 환영 때 쓸 연합국기들을 다량으로 준비해두었는데, '문협'의 상당한 책임자의 하나가 묶어놓은 연합국기 중에서 소련 것만을 끄르더니 한아름 안고 가 사층 위로부터 행렬 위에 뿌리는 것이다. 거리가 온통 시뻘개진다. 현은 대뜸 뛰어가 그것을 막았다. 다시 집으러 가는 것을 또 막았다.

"침착합시다."

"침착헐 이유가 어디 있소?"

양편이 다 같이 예리한 시선의 충돌이었다. 뿐만 아니라 옆에 섰던 젊은 작가들은 하나같이 현에게 모멸의 시선을 던지며 적기를 못 뿌리는 대신, 발까지 구르며 박수와 환호로 좌익 데모를 응원하였다. 데모가 지나간 후, 현의 주위에는 한 사람도 가까이 오지 않았다. 현은 회관을 나설 때 몹시 외로웠다. 이들과 헤어지더라도 이들 수효만 못지않은, 문학 단체건, 문화 단체건 만들 수 있다는 자신도 솟았다.

"그러나…… 그러나……."

현은 밤새도록 궁리했다. 그 이튿날은 회관에 나오지 않았다.

'마음에 맞는 친구끼리만? 그런 구심적(求心的)인 행동이 이 거대한 새 현실에서 어떤 결과를 가져올 것인가? 새 조선의 자유와 독립은 대중의 자유와 독립이라야 한다. 그들이 대중운동에 그처럼 열성인 것을 나는 몰이해는커녕 도리어 그것을 배우고 그것을 추진시키는 데 티끌만치라도 이바지하려는 것이 내 양심이다. 다만 적기만 뿌리는 것이 이 순간 조선의 대중운동이 아니며 적기 편에 선 것만이 대중의 전부가 아니란, 그것을 나는 지적하려는 것이다. 이런 내 심정을 몰라준다면, 이걸 단순히 반동으로밖에 해석할 줄 몰라준다면 어떻게 그들과 함께 일할 수 있는 것인가?'

다음날도 현은 회관으로 나가고 싶지 않아 방에서 혼자 어정거리고 있을 때다. 그날 창밖에 데모를 향해 적기를 내어 뿌리던 그 친구가 찾아왔다.

"현형, 그저껜 불쾌했지요?"

"불쾌했소."

"현형, 내 솔직한 고백이오. 적색 데모란 우리가 얼마나 두고 몽매간에 그리던 환상이리까? 그걸 현실로 볼 때, 나는 이성을 잃고 광분했던 거요. 부끄럽소. 내 열 번 경솔이었소. 그날 현형이 아니었다면 우리 경솔은 훨씬 범위가 커졌을 거요. 우리에겐 열 사람의 우리와 똑같은 사람보다 한 사람의 현형이 절대로 필요한 거요."

그는 확실히 말끝을 떨었다. 둘이는 묵묵히 담배 한 대씩을 피우고 묵묵히 일어나 다시 회관으로 나왔다.

'조선인민공화국 절대지지'란 현수막이 걸리다

그 적색 데모가 있은 후로 민중은, 학생이거나, 시민이거나, 지식층이거나 확실히 좌우 양파로 갈리는 것 같았다. 저녁이면 현을 또 조용한 자리에 이끄는 친구들이 있었다. 현은 '문협'에서 탈퇴하기를 결단하라는 간곡한 충고를 재삼 받았으나, '문협'의 성격이 결코 그네들이 생각하는 것처럼 어느 한쪽에 편향한 것이 아니란 것을 극구 변명하였는데, 그 이튿날 회관으로 나오니, 어제 이 친구들로부터 전화가 걸려왔다.

"자네가 말한 건 자네 거짓말이거나, 그렇지 않으면 우리가 본 대로 자네는 저들에게 이용당하고 있는 걸세. 그 증거는, 그 회관에 오늘 아침 새로 내걸은 대서특서한 드림(드리개. 매달아서 길게 늘이는 물건)을 보면 알 걸세."

하고 이쪽 말은 듣지도 않고 불쾌히 전화를 끊어 버리는 것이었다. 현은 옆엣 사람들에게 묻지도 않았다. 쭈루루 밑엣층으로 내려가 행길에서 사층인 회관의 전면을 쳐다보았다. 놀라지 않을 수 없었다. 아까 현은 미처 보지 못하고 들어왔는데 옥상에서부터 이 이층까지 드리운, 광목 전폭에다가 '조선인민공화국 절대지지'란, 아직까지 어떤 표어나 구호보다 그야말로 대서특서한 것이었다. 안전지대에 그득한 사람들, 화신 앞에 들끓는 군중들, 모두 목을 젖히고 쳐다보는 것이다. 모두가 의아하고 불안한 표정들이다. 현은 회관 사층을 십 분이나 걸려 올라왔다. 현은 다시 한번 배신을 당하는 심각한 우울이었다. 회관에는 '문협'의 의장도 서기장도 아직 나타나지 않았다. '문학건설본부'의 서기장만이 뒤를 따라 들어서기에 현은 그의 손을 이끌고 옥상으로 올라왔다.

"이건 누가 써 내걸었소?"

"뭔데?"

부슬비가 내리는 때라 그도 쳐다보지 않고 들어왔고, 또 그런 것을 내어 걸 계획에도 참례하지 못한 눈치였다.

"당신도 정말 몰랐소?"

"정말 몰랐는데! 이게 대체 누구 짓일까?"

"나도 몰라, 당신도 몰라, 한 회관에 있는 우리가 몰랐을 땐, 나오지 않는 의원(議員)들은 더 많이 몰랐을 것이오. 이건 독재요. 이러고 문학 전선의 통일 운운은 거짓말이오. 나는 그 사람들 말 더 믿구 싶지 않소. 인젠 물러가니 그리 아시오."

하고 돌아서는 현을, 서기장은 당황해 앞을 막았다.

"진상을 알구 봅시다."

"알아보나마나요."

"그건 속단이오."

"속단해버려도 좋을 사람들이오. 이들이 대중운동을 이처럼 경솔히 하는 줄은 정말 뜻밖이오."

"그래도 가만 있소. 우리가 오늘 갈리는 건 우리 문학인의 자살이오!"

"왜 자살 행동을 하시오?"
하고 현은 자연 언성이 높아졌다.
"정말이오. 나도 몰랐소. 그렇지만 이런 걸 밝히고 잘못 쏠리는 걸 바로잡는 것도 우리가 헐 일 아니고 누가 헐 일이란 말이오?"
하고 서기장은 눈물이 핑 도는 것이다. 그리고 그 드림 드리운 데로 달려가 광목 한 통이 비까지 맞아 무겁게 늘어진 것을 한 걸음 끌어 올리고 반걸음 끌려 내려가면서 닻줄을 감듯 전력을 들여 끌어 올리고 있는 것이었다.
'그렇다! 나 하나 등신이거나, 이용을 당한다거나 그런 조소를 받는 것이 문제가 아니다! 그런 것에나 신경을 쓰는 건 나 자신 불성실한 표다!'
현도 뛰어가 서기장과 힘을 합쳐 그 무거운 드림을 끌어 올리었다.
나중에 알고 보니 '문협'의 의장도, 서기장도 다 모르는 일이었다. 다만 서기국원 하나가, 조선이 어떤 이름이 되든 인민의 공화국이어야 한다는 여론이 이 회관 내에 있어 옴을 알던 차, '인민공화국'이 발표되었고, 마침 미술부 선전대에서 또 무엇 그릴 것이 없느냐 주문이 있기에, 그런 드림이 으레 필요하려니 지레 짐작하고 제 마음대로 원고를 써보낸 것이요, 선전대에서는 문구는 간단하나 내용이 중요한 것이라 광목 전폭에다 내려썼고, 쓴 것이 마르면 으레 선전대에서 가지고 와 달아까지 주는 것이 그들의 책임이라 식전 일찍이 와서 달아놓고 간 것이었다. 아침 여덟 시부터 열한 시까지 세 시간 동안 걸린 이 간단한 드림은 석 달 이상을 두고 변명해오는 것이며 그것 때문에 '문협" 조직체가 적지 않은 타격을 받은 것도 사실인 것이다.

그러나 이것을 계기로 전원은 아직도 여지가 있는 자기비판과 정세 판단과 '프로예맹'과의 합동운동을 더 진실한 태도로 착수하기 시작한 것이다.

현은 정확한 정세 파악의 중요성을 생각한다

이미 미국 군대가 들어와 일본 군대의 총부리는 우리에게서 물러섰으나 삐라가 주던 예감과 마찬가지로 미국은 그들의 군정(軍政, 군사정부)을 포고하였다. 정당(政黨)은 누구든지 나타나란 바람에 하룻밤 사이에 오륙십의 정당이 꾸미어졌고, 이승만 박사가 민족의 미칠 듯한 환호 속에 나타나 무엇보다 조선 민족이기만 하면 우선 한데 뭉치고 보자는 주장에 그 속에 틈이 있음을 엿본 민족 반역자들과 모리배들이 다시 활동을 일으키어 뭉치는 것은 박사의 진의와는 반대의 효과로 일제시대 비행기회사 사장이 새로 된 것이라는 국민항공회사에도 부사장으로 나타나는 것 같은 일례로, 민심은 집중이 아니라 이산이요, 신념이기보다 회의(懷疑)의 편이 되고 말았다. 민중은 애초부터 자기 자신들의 모든 권익을 내어던지면서까지 사모하고 환성하던 임시정부라 이제야 비록 자격은 개인으로 들어왔더라도 그 후의 기대와 신망은 그리로 쏠릴 길밖에 없었다. 그러나 개인이나 단체나 습관이란 이처럼 숙명적인 것일까. 해외에서 다년간 민중을 가져보지 못한 임시정부는 해내에 들어와서도, 화신 앞 같은 데서 석유상자를 놓고 올라서 민중과 이야기할 필요는 조금도 느끼지 않고 있었다. 인공(人共)과 대립만이 예각화(銳角化)되고, 삼팔선은 날로 조선의 허리를 졸라만 가고, 느는 건 강도요, 올라가는 건 물가요, 민족의 장기간 흥분하였던 신경은 쇠약할 대로 쇠약해만 가는 차에 탁치(託治, 신탁통치) 문제가 터진 것이다.

누구나 할 것 없이 그만 내정을 잃고 말았다. 여기저기서 탁치 반대의 아우성이 일어났다. 현도 몇 친구와 함께 반탁 강연에 나갔고 그의 강연 원고는 어느 신문에 게재도 되었다.

그러나 현은, 아니 현만이 아니라 적어도 그날 현과 함께 반탁 강연에 나갔던 친구들은 하나같이 어정쩡했고, 이내 후회하지 않을 수 없었다. 탁치 문제란 그렇게 간단히 규정할 것이 아님을 차츰 깨닫게 되었는데, 이것을 제일 먼저 지적한 것이 조선공산당으로, 그들의 치밀한 관찰과 정확한 정세 판단에는 감사하나, 삼상회담 지지가 공산당에서 나왔기 때문에 일부의 오해를 더 사고 나아가선 정권싸움의 재료로까지 악용당하는 것은 불행 중 거듭 불행이었다.

"탁치 문제에 우린 너무 경솔했소!"

"적지 않은 과오야!"

"과오? 그러나 지금 조선 민족의 심리론 그닥 큰 과오라군 헐 수 없지. 또 민족적 자존심을 이만침은 표현하는 것도 좋고."

"글쎄, 내용을 알고 자존심만 표현하는 것과 내용을 모르고 허턱 날뛰는 것관 방법이 다를 거 아니냐 말이야."

"그렇지! 조선 민족에게 단기만 있고 정치적 통찰력이 부족하다는 게 드러나니 자존심인들 무슨 자존심이냐 말이지."

"과오 없이 어떻게 일하오? 레닌 같은 사람도 과오 없인 일 못한다고

했고 과오가 전혀 없는 사람은 일 안 하는 사람이라 한 거요. 우리 자신이 깨달은 이상 이 미묘한 국제노선을 가장 효과적이게 계몽에 힘쓸 것뿐이오."

현서껀 회관에서 이런 이야기들을 하고 앉았을 때다. 이런 데는 어울리지 않는 웬 갓 쓴 노인이 들어선 것이다.

김직원과 현은 이념적으로 대립한다

"오!"

현은 뛰어 마중 나갔다. 해방 이후, 현의 뜻 속에 있어 무시로 생각나던 김직원의 상경이었다.

"직원님!"

"현선생!"

"근력 좋으셨습니까?"

"좋아서 이렇게 서울 구경 왔소이다."

그러나 삼팔 이북에서라 보행과 화물자동차에 시달리어 그런지 몹시 피로하고 쇠약해 보였다.

"언제 오셨습니까?"

"어제 왔지요."

"어디서 유허셨습니까?"

"참, 오는 길에 철원 들러, 댁에서들 무고허신 것 뵈왔지요. 매우 오시구 싶어들 합디다."

현의 가족들은 그간 철원으로 나왔을 뿐, 아직 서울엔 돌아오지 못하고 있는 것이었다.

"잘들 있으면 그만이죠."

"현공이 그저 객지시게 다른데 유헐 곳부터 정하고 오늘 찾아왔지요. 그래 얼마나들 수고허시오?"

"저희야 무슨 수고랄 게 있습니까? 이번에 누구보다도 직원님께서 얼마나 기쁘실까 허구 늘 한번 뵙구 싶었습니다. 그리구 그때 읍에 가셔선 과히 욕보시지나 않으셨습니까?"

"하마트면 상투가 잘릴 뻔했는데 다행히 모면했소이다."

마침 점심때도 되고 조용히 서로 술회(述懷)도 하고 싶어, 현은 김직원을 모시고 어느 구석진 음식점으로 나왔다.

"현공, 그간 많이 변하셨다구요?"

"제가요?"

"소문이 매우 변허셨다구들."

"글쎄요……."

현은 약간 우울했다. 현은 벌써 이런 경험이 한두 번째 아니기 때문이다. 해방 이전에는 막역한 지기(知己)여서 일조유사한 때는 물을 것도 없이 동지일 것 같던 사람들이 해방 후, 특히 정치적 동향이 보수적인 것과 진보적인 것이 뚜렷이 갈리면서부터는, 말 한두 마디에 벌써 딴사람처럼 서로 경원(敬遠)이 생기고 그것이 대뜸 우정에까지 거리감(距離感)을 자아내는 것을 이미 누차 맛보는 것이었다.

"현공?"

"네?"

"조선 민족이 대한 독립을 얼마나 갈망했소? 임시정부 들어서길 얼마나 열렬 절절히 고대했소?"

"잘 압니다."

"그런데 어쩌자구 우리 현공은 공산당으로 가셨소?"

"제가 공산당으로 갔다고들 그럽니까?"

"자자합디다. 현공이 아모래도 이용당허는 거라구."

"직원님께서도 절 그렇게 생각허십니까?"

"현공이 자진해 변했을는진 몰라, 그래두 남헌테 넘어갈 양반 아닌 건 난 알지요."

"감사헙니다. 또 변했단 것도 그렇습니다. 지금 내가 변했느니, 안 변했느니 하리만치 해방 전에 내가 제법 무슨 뚜렷한 태도를 가졌던 것도 아니구요, 원인은 해방 전엔 내 친구가 대부분이 소극적인 처세가들인 때문입니다. 나는 해방 후에도 의연히 처세만 하고 일하지 않는 덴 반댑니다."

"해방 후라고 사람의 도리야 어디 가겠소? 군자는 불처혐의간(不處嫌疑間, 의심받을 곳엔 가지 않음)입넨다."

"전 그렇진 않습니다. 지금 이 시대에선 이하(李下, 조선왕조 치하)에서라고 비뚤어진 갓(冠)을 바로잡지 못하는 것은 현명이기보단 어리석음입니다. 처세주의는 저 하나만 생각하는 태돕니다. 혐의는커녕 위험이라도 무릅쓰고 일해야 될, 민족의 가장 긴박한 시기라고 생각합니다."

"아모튼 사람이란 명분(名分)을 지켜야 합니다. 우리가 무슨 공뢰 있소. 해외에서 일생을 우리 민족 위해 혈투해온 그분들게 그냥 순종해 틀릴 게 조금도 없습넨다."

"직원님 의향 잘 알겠습니다. 그리고 저도 그분들게 감사하고 감격하는 건 누구헌테 지지 않습니다. 그러나 지금 조선 형편은 대외, 대내가 다 그렇게 단순치가 않답니다. 명분을 말씀허시니 말이지, 광해조(光海朝) 때 일을 생각해 보십시오. 임진란(壬辰亂) 때 명(明)의 구원을 받았지만, 명이 청태조(淸太祖)에게 시달리게 될 때, 이번엔 명이 조선에 구원군을 요구허지 않았습니까?"

"그게 바루 우리 조선서 대의명분론(大義名分論)이 일어난 시초요구려."

"임진란 직후라 조선은 명을 도와 참전할 실력은 전혀 없는데 신하들은 대의명분상, 조선이 명과 함께 망해버리는 한이라도 그냥 있을 순 없다는 것이 명분파요, 나라는 망하고 임금 노릇을 그만두드라도 여지껏 왜적에게 시달린 백성을 숨도 돌릴 새 없이 되짚어 도탄에 빠뜨릴 순 없다는 것이 택민파(澤民派)요, 택민론의 주장으로 몸소 폐위(廢位)까지 한 것이 광해군(光海君) 아닙니까? 나라들과 임금들 노름에 불쌍한 백성들만 시달려선 안 된다고 자기가 왕위를 폐리(헌 신)같이 버리면서까지 택민론을 주장한 광해군이, 나는, 백성들은 어찌 됐든지 지배자들의 명분만 찾던 그 신하들보다 몇 배 훌륭했고, 정말 옳은 지도자였다고 생각합니다. 그리고 또 의리와 명분이라 하드라도 꼭 해외에서 온 이들에게만 편향하는 이유는 어디 있습니까?"

"거야 멀리 해외에서 다년간 조국 광복을 위해 싸웠고 이십칠팔 년이나 지켜온 고절(孤節, 홀로 지키는 절개)이 있지 않소?"

"저는 그분들의 풍상을 굳이 헐하게 알리는 것도 결코 아닙니다. 지역은 해외든 해내든, 진심으로 우리를 위해 꾸준히 싸워온 이면 모두가 다 같이 우리 민족의 공경을 받어 옳을 것이고, 풍상이라 혈투라 하나, 제 생각엔 실상 악형에 피가 흐르고, 추위에 손발이 얼어 빠지고 한 것은 오히려 해내에서 유치장으로 감방으로 끌려 다니며 싸워온 분들이 몇 배 더 했으리라고는 생각합니다. 육체적 고초뿐이 아니었습니다. 정신적으로 매수하는 가지가지 유인과 협박도 한두 번이 아니어서, 해내에서 열 번을 찍히어도 넘어가지 않고 싸워낸 투사라면 나는 그런 어른이 제일 용하다고 생각합니다."

"현공은 그저 공산파만 두둔하시는군!"

"해내엔 어디 공산파만 있었습니까? 그리고 이번에 공산당이 무산계급혁명으로가 아니라 민족의 자본주의적 민주혁명으로 이내 노선을 밝혀논 것은 무엇보다 현명했고, 그랬기 때문에 좌우익의 극단적 대립이 원칙상 용허되지 않어서 동포의 분열과 상쟁을 최소한으로 제지할 수 있는 것은 조선 민족을 위해 무엇보다 다행한 일이라고 저는 생각합니다."

"난 그게 무슨 말씀인지 잘 못 알어듣겠소만 그저 공산당 잘못입넨다."

"어서 약주나 드십시다."

"우리 늙은 게야 뭘 아오만······."

김직원은 술이 약한 편이었다. 이내 얼굴에 취기가 돌며,

"어째 우리 같은 늙은 거기로 꿈이 없었겠소? 공산파만 가만 있어주면 곧 독립이 될 거구, 임시정부 요인들이 다 고생허신 보람 있게 제자리에 턱턱 앉어 좀 잘 다스려 주겠소? 공연히 서로 싸우는 바람에 신탁통치

문제가 생긴 것이오. 안 그렇고 무어요?"

하고 적이 노기를 띤다. 김직원은, 밖에서는 소련이, 안에서는 공산당이 조선 독립을 방해하는 것이라 하였다. 이렇게 역사적, 또는 국제적인 견해가 없이 단순하게, 독립 전쟁을 해 얻은 해방으로 착각하는 사람에겐 여간 기술로는 계몽이 불가능하고, 현 자신에겐 그런 기술이 없음을 깨닫자 그는 웃는 낯으로 음식을 권했을 뿐이다.

김직원은 그 이튿날도 현을 찾아왔고 현도 그 다음날은 그의 숙소로 찾아갔다. 현이 찾아간 날은,

"어째 당신넨 탁치 받기를 즐기시오?"

하였다.

"즐기는 게 아닙니다."

"그러면 즐겁지 않은 것도 임정(임시정부)에서 반탁(신탁통치 반대)을 허니 임정에서 허는 건 덮어놓고 반대하기 위해서 나중엔 탁치꺼지를 지지헌단 말이지요?"

"직원님께서도 상당히 과격허십니다 그려."

"아니, 다 산 목숨이 그러면 삼국 외상헌테 매수해서 탁치 지지에 잠자코 물러가야 옳소?"

"건 좀 과하신 말씀이구! 저는 그럼, 장래가 많아서 무엇에 팔려서 삼상회담을 지지허는 걸로 보십니까?"

그 말에는 대답이 없으나 김직원은 현의 태도에 그저 못마땅한 눈치만은 노골화하면서 있었다. 현은 되도록 흥분을 피하며, 우리 민족의 해방은 우리 힘으로가 아니라 국제 사정의 영향으로 되는 것이니까 조선 독

립은 국제성(國際性)의 지배를 벗어날 수 없는 것, 삼상회담(모스크바 3상회의. 미국·영국·소련이 모여 한국의 신탁통치를 논의)의 지지는 탁치 자청이나 만족이 아니라 하나는 자본주의 국가요 하나는 사회주의 국가인 미국과 소련이 그 세력의 선봉들을 맞댄 데가 조선이란 국제간에 공개적으로 조선의 독립과 중립성이 보장되어야지, 급히 이름만 좋은 독립을 주어 놓고 소련은 소련대로, 미국은 미국대로, 중국은 중국대로 정치·경제 모두가 미약한 조선에 지하 외교를 시작하는 날은, 다시 이조말(李朝末)의 아관파천(俄館播遷, 친일세력에 대한 친러시아 세력의 반발로 일어난 사건. 친일내각이 붕괴되고, 경제적 이권이 러시아로 넘어감)식의 골육상쟁과 멸망의 길밖에 없다는 것, 그러니까 모처럼 얻은 자유를 완전 독립에까지 국제적으로 보장되는 길을 택할 수밖에 없다는 것, 이왕조(李王朝)의 대한(大韓)이 독립 전쟁을 해서 이긴 것이 아닌 이상, '대한' '대한' 하고 전제제국(專制帝國)시대의 회고감(懷古感)으로 민중을 현혹시키는 것은 조선 민족을 현실적으로 행복되게 지도하는 태도가 아니라는 것, 지금 조선을 남북으로 갈라 진주해 있는 미국과 소련은 무엇으로 보나 세계에서 가장 실제적인 국가들인만치, 조선 민족은 비실제적인 환상이나 감상(感傷)으로가 아니라 가장 과학적이요, 세계사적인 확실한 견해와 준비가 없이는 그들에게 적정한 응수(應酬)를 할 수 없다는 것, 현은 재주껏 역설해보았으나 해방 이전에는 현 자신이 기인여옥이라 예찬한 김직원은, 지금에 와서는, 돌과 같은 완강한 머리로 조금도 현의 말을 이해하려 하지 않고, 다만 같은 조선 사람인데 '대한'을 비판하는 것만 탐탁치 않았고, 그것은 반드시 공산주의의 농간이라 자가류(自家流)의 해석을 고집할 뿐이었다.

김직원의 뒷모습을 보며 현은 왕국유를 생각한다

그 후 한동안 김직원은 현에게 나타나지 않았다. 현도 바쁘기도 했지만 더 김직원에게 성의도 나지 않아 다시는 찾아가지도 못하였다.

탁치 문제는 조선 민족에게 정치적 시련으로 너무 심각한 것이었다. 오늘 '반탁' 시위가 있으면 내일 '삼상회담 지지' 시위가 일어났다. 그만 군중은 충돌하고, 지도자들 가운데는 이것을 미끼로 정권 싸움이 악랄해갔다. 결국, 해방 전에 있어 민족 수난의 십자가를 졌던 학병(學兵)들이, 요행 죽지 않고 살아온 그들 속에서, 이번에도 이 불행한 민족 시련의 십자가를 지고 말았다.

이런 우울한 하루였다. 현의 회관으로 김직원이 나타났다. 오늘 시골로 떠난다는 것이었다. 점심이나 같이 자시러 나가자 하니 그는 전과 달리 굳게 사양하였고, 아래층까지 따라 내려오는 것도 굳게 막았다. 전날 정리로 보아 작별만은 하러 들렀을 뿐, 현의 대접이나 인사는 긴치 않게 여기는 듯하였다.

"언제 서울 또 오시렵니까?"

"이런 서울 오고 싶지 않소이다. 시골 가서도 그 두문동 구석으로나 들어가겠소."

하고 뒤도 돌아보지 않고 분연히 층계를 내려가고 마는 것이었다. 현은 잠깐 멍청히 섰다가 바람도 쏘일 겸 옥상으로 올라왔다. 미국군의 지프가 물매미 떼처럼 서물거리는 사이에 김직원의 흰 두루마기와 검은 갓은 그 영자(英姿, 매우 훌륭한 자질, 모습) 너무나 표표함이 있었다. 현은 문득 청조말(淸朝末)의 학자 왕국유(王國維)의 생각이 났다. 그가 일본에 와서 명곡(明曲)에 대학 강연이 있을 때, 현도 들으러 간 일이 있는데, 그는 청나라식으로 도야지 꼬리 같은 편발을 그냥 드리우고 있었다. 일본 학생들은 킬킬 웃었으나, 그의 전조(前朝)에 대한 충의를 생각하고 나라 없는 현은 눈물이 날 지경으로 왕국유의 인격을 우러러보았다. 그 뒤에 들으니, 왕국유는 상해로 갔다가, 북경으로 갔다가, 아무리 헤매어도 자기가 그리는 청조(淸朝)의 그림자는 스러만 갈 뿐이므로, '녹수청산부증개 우세창태석수간(綠水靑山不曾改 雨洗蒼蒼有獸間, 푸른 산 푸른 물은 옛 그대로 변하지 않고 / 비는 석수상의 이끼를 씻는구나. 세상이 변해도 변하지 않는 것이 있음을 의미)'을 읊조리고는 편발 그대로 곤명[昆明湖]에 빠져 죽었다는 것이었다. 이제 생각하면, 청나라를 깨트린 것은 외적(外敵)이 아니라 저희 민족, 저희 인민의 행복과 진리를 위한 혁명으로였다. 한 사람 군주(君主)에게 연연히 바치는 뜻갈도 갸륵한 바 없지 않으나 왕국유가 그 정성, 그 목숨을 혁명을 위해 돌리었던들, 그것은 더 큰 인생의 뜻이요 더 큰 진리의 존엄한 목숨일 수 있었을 것 아닌가? 일제시대에 그처럼 구박과 멸시를 받으면서도 끝내 부지해 온 상투 그대로, '대한'을 찾아 삼팔선을 모험해 한양성(漢陽城)에 올라왔다가 오늘, 이 세계사의 대사조(大思潮) 속에 한 조각 티끌처럼 아득히 가라앉아 가는 김직원의 표표한 뒷모양을 바라볼 때, 현은 왕국유의 애틋한 최후를 연상하지 않을 수 없었다.

 바람이 아직 차나 어딘지 부드러운 벌써 봄바람이다. 현은 담배를 한 대 피우고 회관으로 내려왔다. 친구들은 '프로예맹'과의 합동도 끝나고 이번엔 '전국문학자대회' 준비로 바쁘고들 있었다.

 **이야기 따라잡기**

　일제 강점기 말, 소설가 현은 시국으로부터 호출장을 받게 된다. 일본어로 창작을 하는 것, 친일작품이나 창씨개명 등 적극적인 대일협력을 하지 않아 호출을 받은 것이었기에 「대동아전기」의 번역만은 거부할 수 없었다. 그는 일본의 감시의 눈을 피해 강원도 어느 산읍으로 떠나지만, 시골에서도 감시를 피할 수는 없었다.

　낚시를 소일 삼던 현은 향리 직원이었던 김직원을 만나게 된다. 같이 낚시를 하며 시국에 대해 논하고 나라를 걱정하며 시간을 보낸다. 그러던 어느 날 현은 문인보국회에서 문인궐기대회가 있으니 올라오라는 전보를 받게 된다. 현은 관청의 감시에 못 이겨 올라가지만 자신의 발표순서가 되자 도망쳐 나온다.

　그러나 시골에서는 현이 서울에 다녀왔다는 사실과 간단한 부탁을 들어준 덕분에 순사와 우편국장, 순사부장 등이 그를 대하는 태도가 달라진다. 얼마 후 현은 주재소에서 각종 시국집회에 참석하지 않은 것에 대해 경고를 받고, 김직원은 전국유도대회와 관련하여 경찰서에 잡혀들어가게 된다.

친구의 전보를 받은 현은 급하게 서울로 올라가다가 광복이 된 사실을 알게 된다. 서울에 도착한 현은 좌익이었던 작가와 평론가들이 중심이 되어 만든 '조선문화건설 중앙협의회'를 찾아간다. 그리고 그들이 작성한 선언문을 읽고 발기인으로 서명한다. 우익세력의 친구, 선배들의 충고와 '조선인민공화국 절대지지'라는 현수막 사건으로 인해 문학단체에 대한 회의에 빠지지만, 이를 계기로 오히려 그들의 지도자가 되고 프로예맹과의 통합에 착수하게 된다.

신탁통치에 대한 찬반으로 혼란스러울 때 김직원이 상경한다. 조선왕조의 부활을 꿈꾸는 김직원은 좌익에 선 현을 못마땅히 여기고 토론을 벌인다. 영친왕을 모셔다 임금으로 섬겨 조선왕조를 부활시켜야 한다고 주장하는 김직원은 미국이나 소련의 힘을 빌려 국제정세에 맞서 응수할 수 있는 힘을 길러야 한다고 생각하는 현의 입장을 이해하지 못한다. 결국 김직원은 다시는 상경하지 않을 것이라고 이야기하며 떠나가고 현은 그런 김직원을 보며 청나라 왕국유를 생각한다.

 **쉽게 읽고 이해하기**

일제 강점기에 작가로 산다는 것

「해방 전후」는 1946년에 발표된 작품으로 '한 작가의 수기'라는 부제목에서 알 수 있듯이 해방 전후 이태준 자신의 심경과 내면의 변화를 그린 소설이다. 소설가인 현은 일제 강점기 말, 어지러운 시국을 피해 시골인 철원으로 낙향하여 낚시를 벗 삼으며 산다. 일본에 전향하여 글을 쓰기는 싫었으나 경무국의 지시로, 그리고 주위의 감시에 못 이겨 결국 시국강연회를 가고 「대동아전기」의 번역을 맡게 된다. 이러한 모습은 당대 지식인의 현실이자 작가, 예술가들의 현실이었다. 일본의 삼엄한 감시로 인해 예술가들은 일본의 승리를 찬양하거나 일본의 학병이 되도록 권하는 작품을 만들어내야 했다. 이러한 행동을 했던 단체가 '문인보국회'다. '문인보국회'는 각 지역을 돌아다니며 일본에 대한 찬양과 일본의 국민이 된다는 것이 얼마나 좋은 일인지, 그리고 일본을 위해 싸우는 병사가 되어야 한다고 강연을 하였다.

현이 원하던 원하지 않던 '문인보국회'에서는 강연을 하도록 이름을 올

려났다. 시골에서 이미 관리들과 순사들에 의해 숨통이 조여오고 있었던 현은 이를 계기로 서울로 올라가게 된다. 현의 이러한 행동은 "현은 정말 살고 싶었다. 살고 싶다기보다 살아 견뎌내고 싶었다"는 표현을 통해서 알 수 있듯 살기 위해서는 어쩔 수 없이 해야만 하는 생존과 관계된 것이었다. 그래서 현은 지식인으로서의 양심과 생존 사이에서 갈등하며, 소극적 협력과 소극적 저항으로 버티고 있었다.

현의 작품세계는 대부분 신변적인 것이었다. 당시 조선민족 정책에 정면충돌로 나서기에는 현만이 아니라 조선문학의 진용 전체가 미약했고 국제적으로 고립되어 있었다. 민족에 대한 비애 등 작가로서 가슴 속에 서린 고민들이 없었던 것은 아니나 가혹한 검열제도 밑에서 체념할 수밖에 없었다. 이러한 회고와 작가로서의 반성은 소설 속 인물인 현을 통해 이태준 자신의 회고와 반성을 말한다. 이미 정평이 난 소설가임에도 불구하고 소설을 검열당하고, 내용에 조금이라도 문제가 생기면 고초를 당하였다. 결국 당시 작가들은 무기력해지고 체념하여 글을 더 이상 쓰지 않거나, 혹은 적극적으로 대일협력에 가담할 수밖에 없었다. 이태준은 이 소설을 통해 적극적으로 일본에 대해 저항하지 못하고 신변잡기적인 내용의 글을 쓰거나 소극적으로나마 일본에 협력했던 것을 반성하는 동시에 살기 위해서는 어쩔 수 없었다는 자기변호를 그리고 있다.

해방 이후의 두 세력

「해방 전후」는 제1회 '조선해방문학상'을 수상한 작품이다. 선정 이유는 '객관적 실천의 길을 표시했기 때문'이라고 말한다. 실제로 이태준은 좌익 문학단체에서 활동을 했으며 추후에 월북을 한다. 이 소설에서 현이 좌익단체에 가담하고 '실천'의 중요성을 강요하며 국제정세를 잘 읽어야 한다고 주장하는 것은 바로 이태준의 생각을 그대로 반영한 것이라 할 수 있다. 현실과 동떨어진 문학에 대한 반성과 회의를 통해 현실에 적극적으로 대응할 수 있는 문학을 추구해야 한다는 것이다.

'현'은 해방이 되었다는 소식을 듣고 찾아간 '조선문화건설 중앙협의회'의 시국선언문을 보고 현실 정치에 적극적으로 뛰어들어 해방된 조선을 이끌어나가 보겠다고 결심한다. 계급보다는 민족의 비애에 더 신경을 쓰며, 좌익에는 반감을 가지고 있던 그였지만, 소극적인 처세가들에 대해 회의를 느끼고 해방 후에도 처세만 일관하며 일하지 않는 태도에 대해 비판하는데, 이것은 당시 좌익의 입장을 대변한다. 식민지 정책에 의해 소극적일 수밖에 없었던 작가들이 해방을 맞이하면서 적극적인 활동을 통해 다시 똑같은 일이 일어나지 않기를 바라며, 민중을 계도하고 개혁을 부르짖으며, '당파성'을 강조하고 있는 것이다.

해방 직후 사회는 좌익세력과 우익세력으로 나뉘었다. 좌익세력은 노동자와 농민 계급을 정치 세력을 중심으로 보고 전반적인 사회 구조의 개혁을 꿈꾸고, 우익세력은 자본가 계급을 정치세력을 중심으로 보고 정치 사회의 건설을 통해 기존의 권리와 능력을 강화해야 한다고 주장했다. 두 세력은 신탁운동을 반대하는 반탁운동의 우익과 신탁운동을 찬성하는 찬탁운동의 좌익에 의해 더욱 틈이 벌어지게 되었다. 결국 합의점을 찾지 못하고 각각의 단독정부를 수립하게 된다. 현은 좌익의 입장에서 미국이나 소련 등 강대국의 힘을 빌려 주권을 회복하려 한다. 즉 신탁통치에 대해 찬성하고 있다. 반면 김직원은 조선왕조의 부활을 꿈꾸며 신탁통치를 반대하고 있다. 각각 좌익세력과 우익세력을 대변하고 있는 것이다.

　조선왕조의 부활을 꿈꾸는 김직원에게 현은 식민지에서 벗어났지만 민족의 가장 긴박한 시기이므로 위험을 무릅쓰고라도 비뚤어진 갓을 바로잡아야 한다고 말한다. 미국이나 소련의 실제적인 국가들이므로 비실제적인 환상이나 감상이 아닌 가장 과학적이고 세계사적인 확실한 견해와 준비가 필요하다는 것이다. 그렇기에 신탁통치를 받아들여야 한다는 입장을 피력한다. 그러나 김직원은 그것이 좌익의 농간이라고 생각한다. 신탁통치는 또 다른 식민의 상황을 만들 뿐이기 때문에 조선왕조의 부활을 꿈꾼다. 기존의 사회를 고수하려는 김직원과 새로운 사회를 꿈꾸는 현은 결국 서로의 의견차를 좁히지 못한다. 그들이 화해를 이루지 못하는 것은 당시 해방 직후의 혼란스러운 사회상이 그대로 반영되어 있기 때문이다. 양분된 세력이 화해를 이루지 못하고 결국 각각 다른 정부를 수립했듯이 당시의 상황을 두 인물을 통해 나타내고 있다.

 ## 작가 알아보기

이태준(李泰俊, 1904. 11. 4~?) 그는 누구인가?

호는 상허, 상허당주인. 강원도 철원에서 출생하였다. 휘문고등보통학교를 나와 1926년 일본 조치(上智)대학에 입학하였으나 중퇴하고 귀국하였다. 『중외일보』기자, 『조선중앙일보』학예부장 등을 역임하였다.

이태준은 1925년 『조선문단』제10호에 「오몽녀」가 당선되면서 문단에 등단하였으며 1930년대부터 활발한 창작 활동을 하여 단편소설, 중편소설 등 약 70여 편의 작품을 발표하였다. 1933년 박태원, 이효석 등과 '구인회'를 조직하였으며, 1939년 『문장』의 편집자 겸 소설추천심사위원으로 활동하다가 8·15 광복 이후 월북하였다. 북조선문학예술총동맹 부위원장 등의 중요직책을 맡는 등 북한 문단에서 중심적인 인물로 부각되었으나 1956년 남로당 숙청과 함께 추궁을 당하여 숙청되었다가 노동자로 전락했으나, 그 이후에 복귀되었다는 설이 있다. 그러나 현재 그의 행적이나 생사가 확인되지 않고 있다.

이태준은 카프의 퇴조로 경향문학이 점점 무너졌던 1930년대에 '구인회'를 결성하여 주목할 만한 활동을 보여준 작가다. '구인회'는 사회주의를 토대로 하여 진보적 문예운동을 주장했던 카프에 대항했던 순수 문학단체로 모더니즘 운동을 주장했다. 그리고 광복 이후에는 좌익계열의 문학단체에 가입하여 활동하였다. 「해방 전후」는 이러한 그의 활동을 보여주는 작품으로 좌익계열 문학단체인 조선문학가동맹에서 수여하는 제1회 '조선해방문학상' 수상작이다.

　「불우선생」, 「달밤」 등 그의 초기 작품들은 당대 사회의 소외된 계층의 불우한 삶에 대한 연민을 아이러니를 통해 그려내고 있다. 또한 「패강랭」 등에서는 식민지 시대의 강압적인 식민정책과 지식인의 고뇌를 드러낸다. 그는 이 시기의 작품들에서 패배적 인간상, 역사의 부재, 궁핍한 생활 등을 그리면서 사상이나 사조를 벗어난 순수문학의 입장을 취하고 있다. 그러나 8·15 광복 이후 나온 「해방 전후」에서는 좌익으로 전향할 수밖에 없는 현실을, 6·25 전쟁 중에 창작된 「백배천배로」, 「누가 굴복하는가 보자」 등에서는 반미감정을 직설적으로 드러내고 있다.

　이태준은 스스로도 장편보다는 단편에 더 애정을 느낀다고 말할 정도로 '근대적인 단편소설의 완성자'로 평가되어 왔다. 그의 단편들은 순수문학을 지향하는 한편, 꾸준히 현실 사회의 변화와 모순을 드러내고자 했다. 즉 그는 근대적인 순수문학을 추구한 모더니스트이자, 현실에 적응하지 못하고 소외된 인물들의 실상을 서정적으로 그려낸 스타일리스트였다고 평가된다.

주어진 삶을 살아라. 삶은 멋진 선물이다.
거기에 사소한 것은 없다.
— 플로렌스 나이팅게일(이탈리아의 간호사, 1820~1910)